WINGS・NOVEL

ミルナート王国瑞奇譚〈上〉

女王陛下は狼さんに食べられたい!

和泉統子
Noriko WAIZUMI

新書館ウィングス文庫

SHINSHOKAN

女王陛下は狼さんに食べられたい！ ミルナート王国瑞奇譚〈上〉 目次

アリア
ミルナート王国摂政で、
レナの母。
北の大国セレーの皇女であり、
政略結婚でラースに嫁いだ。
ジェス・シラドー
王配候補。
地方領主シラドー男爵の子。
二十歳。
ラース
ミルナート王国前国王。故人。

カーイ・ヤガミ
ミルナート王国の摂政代理。
孤児だがラースの親友だった。
二十九歳。
レナ
ミルナート王国の女王。
生まれる前に父王ラースを亡くす。
カーイのことが大好きな十五歳。
ミルナート王国
瑞奇譚
CHARACTERS

イラストレーション◆鳴海ゆき

女王陛下は狼さんに食べられたい！

〝大丈夫。君は〈呪《のろ》われた者〉なんかじゃないよ〟

そう、ラースは言った。

〝教会の偉《えら》い人が言ってた？　ああ、気にしなくていいよ、そんなの。彼らは顔に痣《あざ》があるってだけで、僕にも〈ミルナート王家を滅《ほろ》ぼす呪われた子〉のレッテルを貼ったんだよ。そのくせ、父達が死んだら、僕が父達を呪い殺したなんて愚《おろ》かで非科学的なことは言わずに、僕を国王に迎えたじゃないか。ホント、適当なんだよ〟

ニコニコ笑いながら、ラースは国教のお偉方を一人一人、ハゲだのデブだの拝金主義者だのと軒並《のきな》み腐《くさ》して、それから。

〝あんな連中が君をどう呼ぼうと、君が僕に不幸を呼ぶなんて、絶対にありえないよ〟

と、卑怯《ひきょう》なくらい真剣な顔で言った。

その時、ラースの漆黒《しっこく》の双瞳に、自分の困り顔が映《うつ》っていたのを覚えている。

〝君は僕が七つの時から、一番頼りになる、一番自慢の、一番大切な、一番大好きな親友だよ。だから、君はずっとずっと……死ぬまで僕の王宮にいてくれなきゃ困るよ〟

十七年前、カーイが三つの時から一番頼りになる、一番自慢の、一番大切な、一番大好きな親友だったラースがそう言ったから、カーイはこのミルナート王国の王宮にずっと住んでいる。

……ラース本人は、もうそこにはいないのに。

1

レナが生まれる前に父親は亡くなったから、レナは父親の顔を知らない。

けれど、レナがそれを淋《さみ》しいと思ったことは一度もなかった。

カーイがいてくれたからだ。

うんと子供の頃からレナが一番誰よりも好きなのは、カーイだった。

レナが傍《そば》に寄ると、カーイは歯を見せてこれ以上ないってくらい全開で笑ってくれる。

王宮ではカーイみたいに気持ちのいい笑顔をレナに向けてくれる大人は誰もいなかった。

この国で女王様に生まれついたレナの頭を気軽に撫《な》でてくれるのも、カーイだけだった。

手を伸ばせば、ひょいと抱き上げて肩に乗せてくれるのも、カーイだけだった。

レナが四つか五つ。カーイは二十歳《はたち》にもなっていない頃だったと思う。

「ラースは……お前の親父はさ、本当にすげぇ奴《ヤツ》だったよ」

その頃、カーイはイホン海峡《かいきょう》に巣喰《すく》う海賊《かいぞく》退治に明け暮れて、月に一度か二度しか王宮に帰ってこなかった。

けれど、戻ってきた時は必ず、小さなレナの寝室で、ベッドのすぐ横の床に座ると、眠りにつくまで傍《かたわ》らでお話をしてくれた。

彼は物知りで世界の色んな所の話をしてくれたけれど、その日はレナの父の話をしてくれた。

「あんなに優しくて、立派な〈王族〉は、世界中どこにもいやしない。なんたって俺みたいなどこのどいつだか解らねぇ孤児《こじ》を拾って、マブダチ扱《あつか》いしてくれるんだからな。一国の王子様だったのによ」

レナの父が王子時代、どんなに優しかったかとか、どんなに賢かったかとか。

レナにとっては祖父になる人と伯父《おじ》になる人が疫病《えきびょう》で斃《たお》れ、突然、盗賊やら海賊やらが跋《ばっ》扈《こ》する貧しい王国の国王になった時、どんな夢や抱負《ほうふ》を親友だったカーイに語ったのかとか。

たくさんたくさん話してくれた。

レナの亡くなった父のことを語る時のカーイは、元々綺麗な金色の瞳を誇《ほこ》らしげに輝かせ、本当にレナの父が大好きだったと解る口調と顔をしていて……そして、少し淋しそうだった。

「レナ、お前はさ、大きくなったら、お前の親父みたいな、立派で優しくて素晴らしい女王になってくれよ」

「それが、カーイのねがい？」

「ああ、そうだ」

そう破顔して、レナの金色の頭を撫でてくれた。

「じゃあ、レナ、カーイが言うようなりっぱで、やさしくてすばらしい女王さまになるわね」

レナが言うと、カーイは本当に嬉しそうに、

「うん、頼むな」

と、さらにレナの頭を優しく撫でた。

「……カーイは、お父さまのお友だちだったのよね？」

頭を撫でてくれるカーイの手が温かくて、瞼《まぶた》が重くなってきていた。

けれども、レナはまだまだカーイと話がしたかったので、言わずもがなことを尋ねた。

「ああ、俺が三つの時、お前の親父さんが拾ってくれたんだ。その時から、俺とラースはマブダチだったのさ」

大人になってからレナは、それがどんなに奇跡的な出逢いで、父親がカーイの言う通りどれほど優しい人物だったのか理解した。また、父にとってカーイのような有能多才で義侠心《ぎきょうしん》の厚い人物と出逢えたことがどれほどの僥倖《ぎょうこう》だったのかも。

「レナがお父さまにまけないくらい、りっぱな女王さまになったら、カーイのまぶだちにしてくれる？」

さらにそう尋ねたら、カーイは「あ、やべぇ」と頭を掻《か》いた。

「レナ女王様、それは正しい言葉遣《づか》いではありません。えーと……〈親友〉だな。ただ、俺は……じゃねぇ、ワタクシは女王様の親友にはなりません。女王様の忠実な臣下でございます――ってな。正しい言葉遣いをしないと、また、アリアに、じゃねぇ、母后《ぼこう》陛下に叱《しか》られるわ」

そうカーイは苦笑し、「立派な女王様は、俺の言葉遣いは真似ちゃ駄目だぞ」と念を押した。

——お母さまや乳母《うば》やの話し方よりカーイの話し方のほうが、ずっとずっとかっこいいのに。

そう思った。

——でも、男の人は男らしい話し方を、女の人は女らしい話し方をしないといけませんと、教母さまもおっしゃるし。

カーイは男の人で、自分は女の子だ。

それにカーイが言う〈立派な女王様〉はカーイのような話し方——母の言葉を借りて言えば、〈下々の話し方〉、だ——をしてはいけないらしいと、レナは幼いなりに納得した。

とにかく〈女王様〉という身分の自分は、他の人達とは違う存在らしいことを、幼いなりに当時から理解していたのだ。

それにそんなことより、レナにはもっと気になることがあった。

「カーイは、お父さまのしんゆうなのに、レナのしんゆうにはなってくれないの？」

そう言ったら、カーイはゆっくりと金色の瞳をレナの見上げる目に合わせて。

「あのなぁ、レナ。親友ってのは、……一番の親友ってのは、一人しかいないから一番の親友なんだよ」

口調は柔らかかったが、突き放すような言葉だった。

じゃあ、二番目でも……と、言いかけて、レナは言葉を飲み込んだ。

——いや。二番目はいや。一番じゃなきゃいや。

しかし、カーイにとって一番の親友は、レナの亡くなった父親で、それは絶対にひっくり返ることなどないようだ。

――お父さまよりカーイにとって特別になるには、どうしたらいいのかしら？

そう幼い頭で一生懸命考えて。

それから、凄《すご》く素敵なことを思いついた！

「あのね、カーイ」

「うん？」

「レナが、お父さまみたいなりっぱな女王さまになったら、カーイは、レナを花よめさんにしてくれる？」

「…………、はぁあ？」

いつも豪快に笑っているカーイの顔が、妙な形で固まった。

「今日、メイドのクララがやめることになったの。大好きな人の花よめさんになるからって。女の子は大きくなったら一番好きな人の花よめさんになるのよね？」

「あ――、――――のな、レナ」

数秒たって、珍しく真面目《まじめ》な顔になったカーイは厳《おごそ》かに言った。

「女王様は、花嫁には、なれない」

「えっ!?」

レナがその頃読んでいた物語のお姫様は最後に必ず素敵な王子様の花嫁になっていた。

だから、自分も大きくなったら花嫁になるものと思っていたのだ。

——それなのに、女王さまだと花よめになれないの？

王様の娘であるお姫様は花嫁になれるのに、同じ王様の娘である女王様は花嫁になれないなんて、おかしくはないだろうか。

これは、カーイが世の中でもっとも悪いものだと言う〈差別〉というものではないのか。

「どうして？　どうして女王さまは、花よめになれないの？　そんなの、おかしいわ。さべつじゃなくって？　そうよ、そんなの、女王さまさべつ、だわ！」

ベッドから半身を起こしてレナが食ってかかると、カーイは眉間《みけん》に皺《しわ》を寄せ、腕を組んだ。

「……じょ、女王様差別……、差別……、差別かぁ…………」

カーイは〈差別〉が大嫌いだ。

孤児だから。平民だから。まだ成人していないから。歳が若すぎるから。士官学校を出ていないから。大学を出ていないから。

この王宮に住むようになってから、たくさんの差別とカーイ自身が戦わざるを得なかった。

だから、カーイはとても〈差別〉が嫌いで、そういう行為や感情に敏感だった。

レナとしてはそこをねらったつもりはなかったのだが、ウィークポイントをついたらしい。

腕を組んだまま、しばらく唸《うな》ってから。

「花嫁さんは自分の生まれ育った家を出て、花婿《はなむこ》さんの家の家族になるものだろ。女王様の場合は、この王宮を出て、よその王宮に住むわけにはいかない。だから、レナは花嫁になるわけにはいかないのさ」

「じゃあ、……じゃあ、レナは、けっこんできないの？」

そう問うと、カーイは困ったように顎《あご》を掻いた。

「いや、レナは結婚しないといけない。じゃないと、ミルナート王家が途絶えてしまうからな。花嫁になるんじゃなくて、レナの場合、花婿を迎えるんだな。花婿……〈王配〉ってやつだな」

——お・う・は・い？

そうなのか。

自分は花嫁にはなれないが、王配という人と結ばれることはできるらしい。

「じゃあ、レナがお父さまのようなりっぱな女王さまになったら、カーイはレナのおうはいになってくれる？」

レナが頼んだら、よほどのことがない限り満面の笑顔で二つ返事をしてくれるカーイが、今度も固まった。

「………あ、あ、のな、レナ」

難しい顔をして、カーイは頭を押さえている。

なにやらブツブツ口の中で呟いて。

「────王配ってのはな」

ようやく考えがまとまったらしい。

「王配ってのは、どっかの国の王子様、つまり〈王族〉とか〈皇族〉とか、〈貴族〉様とかじゃないと駄目なんだよ。国を治めるには〈魔力〉が必要だろ」

今から何百年か、はたまた千年以上も前のことか。

世界中を襲った〈大洪水〉のおかげで、この星はすっかり姿を変えたという。

レナが女王として治めるミルナート王国があったあたりはかつては〈イホン〉だか〈イッポン〉だかと呼ばれる島国があったそうだが、今は東西の海を繋《つな》ぐイホン海峡を挟《はさ》んだ南北二つの大陸の海峡沿いに細長く広がる国となっている。

南の国境には砂漠が広がり、北の国境には深い森と天を突くような山脈がそびえ立つ。

少ない農作地の実りを左右するのは、〈王族〉や〈皇族〉、〈貴族〉が持つ〈魔力〉である。

〈大洪水〉前は〈魔力〉を持った人々がいなくても、農作地は毎年の実りを約束したというが、今は〈魔力〉による〈祝福〉が定期的に行われない土地は廃土《はいど》となり、家畜《かちく》の餌《えさ》になるような雑草すら育つことができなくなってしまう。

だから、カーイの言葉も解らなくもないけれど。

「……」

でも、〈魔力〉はなくても、カーイは凄い武人だ。

「ほら、俺は素性《すじょう》の知れない、孤児だしよ」

「……」

でも、三つの時からレナの父の一番の親友だったのだ。むしろ他の誰よりも素性がしっかりしていると言って良いのではないか。

「それに、俺はレナより十四も年嵩《としかさ》だぞ。レナが大人になって結婚する頃には、俺なんてハゲでデブなおっさんになってると思うぜ」

「……」

でも、今の髪の毛がふさふさしていて、国一番の武人だと言われているカーイが、十年後、ハゲたり太ったりするとはとても思えない。

今だって十年後だって、どこかの国の王子様や、王宮に始終やってくる〈貴族〉の若君よりも、カーイのほうが絶対にレナには眩《まぶ》しく、輝いているに決まっている。

――それなのに、カーイは、レナの王配になってくれないんだ……。

「……カ、カーイは、レナのこと、嫌いだったの？」

半泣きで問えば、カーイはますます困ったように頭を掻く。

「そんなことあるもんか。レナのことは大好きさ。でも、王配ってのは」

「レナ、お父さまよりりっぱな女王さまになるもの！　ぜったいに、ぜったいにお父さまよりりっぱな女王さまになるもの！」

カーイの言葉を遮《さえぎ》り、枕をカーイに投げつけ、レナはベッドの上に立ち上がると宣言した。

「だから、カーイはレナのおうはいになってくれなきゃ、ダメなの！　ぜったいにぜったいにレナのおうはいになってくれなきゃダメなの！」

ベッドの上で大泣きする子供のレナに「やれやれ……」と大きな溜息を吐いて、カーイはあやすようにレナを抱《かか》え上《あ》げると。

「解った、解った。レナがラースみたいな立派な君主様になって、そんで、十年後も俺を王配にしたいって言うなら、な」

そう約束してくれた。


——約束、してくれたのに。

2

「皆、よく来てくれた」

雛壇《ひなだん》中央の玉座にレナを、その斜《なな》め後ろに母で摂政《せっしょう》兼母后陛下であるアリアを座らせ、雛壇の一番下でカーイは、集まった二十五人の青年達に声をかけた。

この十年でカーイはすっかり変わってしまった。

レナと顔を合わせても歯を見せて全開で笑うことはないし、気軽に頭を撫《な》でてくれないし、抱き上げてもくれない。

粗野で下品と言われた言動は、あらかたの盗賊や海賊を退治し、レナの母親から仕事を押しつけられて摂政代行の仕事を王宮でし始めてから、よく言えばすっかり洗練された。

――悪く言えば、堅苦《かたくる》しい官僚の着ぐるみでも着てるみたいだわ。

本当にもう、背中にファスナーでもあって、それを開けたら、昔のような陽気なガキ大将みたいなカーイが出てくるんじゃないかと思う時がある。

「女王陛下」

くるりとこちらをカチコチの官僚仕様のカーイが振り返った。

十年前、〈ハゲでデブなおっさんになってる〉と言っていたカーイは、ぜんぜんハゲてもいないしデブってもいない。

少し癖《くせ》のある黒髪はあいかわらず豊かだし、官僚的な仕事が増えたと言っても、近衛《このえ》騎士団の団長を兼任し、よく鍛錬《たんれん》された体には無駄な脂肪《しぼう》が一グラムもない。

五歳のレナにはとても大人に見えた十九歳のカーイは、十年経《た》って老けたかと言うと、あの頃残っていた少年らしさが削《そ》ぎ落《お》とされ、五割、いや十割増しで格好良くなったとレナは思う。

この王国の軍服は北の国々の詰襟式《つめえりしき》のものとは異なり、背広にネクタイの形だが、海軍にしろ陸軍にしろ軍服の色は黒ではない。

しかし、カーイがやや日に焼けた浅黒い肌《はだ》に身に付けている物は、黒シャツ、黒ネクタイ、黒スーツと葬式帰りみたいな黒ずくめだ。ただし上着はなく、ベストのみだったが。

貧相な男が着たら葬式屋《そうしきや》と間違われそうな陰気くさいだけの格好だったろうが、程良く筋肉のついた男がまとうと、洒脱《しゃだつ》で絵になってしまう。

腰には唯一軍人らしさを示す大小の飾り刀。

飾り刀は文字通り、軍人が持つ装飾品だ。

それなのに大きいほうは黒一色と、飾りの役目をぜんぜん果たしていない。

しかし、小さいほう——と言っても、普通より若干《じゃっかん》短い程度だ——は、血のように赤い鞘《さや》に金糸銀糸の細やかな刺繍《ししゅう》が施《ほどこ》され、ところどころ宝石が埋め込まれていて輝いている。握部は金糸の柄巻《つかまき》飾り。柄頭と鍔《つば》も金色で、刀緒《とうちょ》も金房だ。

まるで〈王族〉が持つような豪奢《ごうしゃ》なその宝刀だけが、黒ずくめの格好に鮮やかな色彩を添えている。

——カーイはまだ、お父様の喪《も》に服している。

レナが十五歳になったということは、父が死んでから十六年近く経《た》ったということだ。

しかし、記憶にある限り、カーイが黒以外の物を身に付けたことはない。

唯一《ゆいいつ》身に付けている鮮やかな赤い飾り刀はレナの父の遺品だ。そして、カーイがそれを手放したところも見たことがない。

また、いつの頃からかカーイは、黒縁《くろぶち》の眼鏡《めがね》を愛用するようになった。

薄い色のついたレンズの眼鏡越しに向けられる視線は、以前よりちょっと冷たい感じがするのは、多分、気のせいじゃない。

それに慇懃無礼《いんぎんぶれい》なくらいバカ丁寧な言葉遣《づか》いも、すごく距離を感じる。

子供の頃は、父親代わりで兄代わりで家庭教師代わりで友人代わりで……。

とにかくレナにとっては一番近しい人だったのに、レナが一つ歳を取るたびにだんだん距離を置かれて、今では人前であろうとなかろうと、「レナ」と名前を呼ぶことすらない。

「どうぞ、陛下の王配候補者達にお言葉を」

――オ・ウ・ハ・イ・コ・ウ・ホ・シャ？

いったいなんですの、それは？　――と、声を大にしてレナは抗議したい。

立派な女王になったら王配になってくれると言ったのは、嘘だったのか。

――それとも、わたくし、まだ、カーイが合格点を出す〈立派な女王様〉になっていないのかしら……？

「……」

――……あり、える、かも…………。

なにせカーイは武人としては必勝無敗。

官僚としても数多《あまた》の改革を成《な》し遂《と》げ、父の時代は最貧国に数えられたミルナートが、今では世界でも一目《いちもく》を置かれる大貿易国だ。

そんな文武で完璧《かんぺき》な業績をあげてきたカーイから見れば自分はまだまだかもしれない。

――で、でも、わたくし。

自分なりに女王としてできることは、なんでも真面目《まじめ》にやってきたつもりだ。

各教科の教授達が出す宿題はちゃんとこなしたし、講義の予習復習も欠かさなかった。

国内外の口うるさい大人達に文句を言わせないだけの礼儀作法も会話術も身に付けた。

諸外国の〈王族〉や〈貴族〉に女王として非の打ち所がない歓待ができるよう、世界の主立《おもだ》った国の言葉も習得した。

ワルツを優雅に踊ることも、上手《じょうず》にピアノを弾《ひ》くこともできるし、オペラだって歌える。

もちろんプロには敵《かな》わないが、〈王族〉の教養としては充分だろう。

下々の訴《うった》えにも耳を傾け、カーイや他の大臣達と相談し、福祉や治安にも気を配っている。

ドレスやアクセサリーなど身に付けるものは贅沢《ぜいたく》過ぎず、と言って他国に見下されないものを厳選してきた。

身の回りの世話をしてくれるメイドをはじめとして、王宮で働く者達は掃除人や庭師見習いに至るまで頑張って名前と顔を覚え、こまめに彼らに感謝を伝え、示してきた。

我ながら、すごく頑張っていると思うのだが。

――……まだ、足りないのかしら……？

しかし、カーイが比較対象としているレナの父だって、レナほど色々やってなかったと思うのだ。彼の在位は二年ほどだったから、それはそれでしょうがないところもあるのだが。

この国は十七歳を成人と見なすからレナは女王だが、法律上摂政を置かなければいけない。レナが生まれた時から摂政である母は政治が苦手だと全部カーイに丸投げしているので、カーイが摂政代行閣下《かっか》と呼ばれる状態になっている。

──摂政代行閣下がいる女王だから、駄目なのかしら？

レナの父は十六になるかならないかの未成年で即位したが、慣例に逆らって摂政を置かなかった。

国王の仕事は己《おのれ》一人でできると宣言し、その言葉通り立派に国王の仕事をしたと聞く。

──でも、わたくしは生まれた直後に即位したんだから摂政を置かないわけにはいかないし、十年後と言ったのはカーイだし、摂政代行の仕事を降りていないのもカーイだし……。

それに、王配候補者を集めてきたと言うことは、カーイとてレナがもう結婚すべき年齢だと思っているということのはずだ。

「……カーイ」

これはもう本人に直接質《ただ》すしかないとレナは思い、口火を切った。

「はい」

「十年前の約束を覚えていますか？」

「十年前、ですか？」

カーイは少し眉を顰《ひそ》めた。思い出してくれたのだろうかと思いきや。

「その話は別の機会に」

あっさり切り捨てられた。

「今は陛下のために集まった王配候補者達に」

「わたくしが立派な女王になったら、あなたが王配になってくれるという約束を、忘れたのですか？」

レナがカーイの言葉を遮《さえぎ》って言うと、カーイより二十五人の王配候補者達のほうが動揺を露《あら》わにした。

まあ、当然かもしれない。

女王の王配候補としてミルナート王国各地の貴族や大学、騎士団などから推挙《すいきょ》されて王宮まで来たのだ。中には王都から遠く離れた町から来た者もいる。

そうしてわざわざ王宮に招かれたと言うのに、女王と顔を合わせた途端、女王が摂政代行に逆プロポーズめいたことをしたのだから。

「お言葉ですが、陛下。私は王配候補になるには年が離れすぎています」

ざわつく場に、カーイの言葉が静かに落ちた。

「このような年寄りを選ばなくても、ここにいる若者達のように、ミルナートには陛下に相応《ふさわ》しい、若くて優秀な人材が溢《あふ》れています」

「年寄りって、カーイはまだ二十九歳でしょう！　たった十四歳差じゃないの！　年が離れすぎているなんてこと、ぜんぜんないわ！」

玉座から立ち上がり、レナが声を大きくして訴えるのに。

「十四歳の年の差は、たったとは申しません。陛下、言葉は正しくお使い下さい」

カーイはとことん冷静で、四角四面の官僚言葉を返してくる。

摂政代行モードというか、官僚仕様というか、そんなカーイは、〈優秀な官僚〉の着ぐるみを着ているようなもので、レナが何を言っても、言葉が刺さらないようだ。

「……」

――いったいいつから、カーイはこんな風になっちゃったのかしら……？

レナが幼い頃は満面の笑みで、無造作に頭を撫でてくれるほど、堅苦しい礼儀作法や王宮儀礼もない、近しい関係だったのに。

「あの！」

レナが何も言えずにカーイを睨んでいると、王配候補者の一人が勢いよく両手を挙げた。

「！」

直《す》ぐさまカーイが飾り刀に片手を置いて、レナを庇《かば》うように彼女の前に立ち、手を挙げた王配候補者と向き合った。

飾り刀は〈大洪水〉以前の刀とは違い刃《は》がなく、言ってみればただの金属の棒に過ぎない。それでも人を攻撃するのに用いた場合、力加減によっては充分凶器となる。

不審な動きをした相手に対し、レナを背にしていつでも武器を使う用意があると示してみせるカーイはやはり頼もしい。

「ああああ、あのですね！」

明確な殺意を瞳に宿したカーイに「ワタクシ、敵意も害意もありませんっっ！」と心の悲鳴が聞こえそうな顔つきで、空色の髪の若者が両手を振った。

「なんだ？　……ジェス……リー・シラドー？」

あくまで剣から手を離さないで、しかし、武人モードから官僚モードに切り替わった口調で、カーイが尋ねる。

――ジェスリー・シラドー……？

シラドーという名前の〈貴族〉は、レナの記憶の端っこにあった。

王都から〈イホン海峡〉を挟《はさ》んで北側にある小さな町の領主だ。

重要な軍事拠点《きょてん》でも商工業の拠点になるような町でもない、ただの田舎町《いなかまち》の領主なので、普通の君主なら記憶しておくほどの領主ではない。

だが、現当主は、若い頃は海軍で鬼提督《おにていとく》と呼ばれるほど勇猛果敢《ゆうもうかかん》な軍人で、カーイの海賊討《とう》伐隊《ばったい》の副官として功績をあげた人だ。

子供の頃、カーイがシラドー男爵を褒《ほ》め、感謝していることを何度か話してくれたので、その小さな町の領主のことは記憶に残っていた。

〝ダン・シラドー提督は、俺がまだ二十歳にもなってない小僧《こぞう》だってのに、馬鹿にせず、摂政代行として海賊退治の艦隊の指揮《しき》を執《と》るのを許して、すげぇ協力してくれたんだ。ラースの次くらいに懐《ふところ》が深い大物だったよ。俺が海賊どもを駆逐《くちく》できたのも、半分はシラドー提督のおかげさ〟

そのシラドー提督ことシラドー男爵は十年ほど前に体を壊し、退役《たいえき》し、領地に引きこもっている。

だから、レナが彼に会ったのも数えるほどしかない。

――あのシラドー男爵の長男が、確かジェスリーって名前だったはず……。

では、彼はシラドー男爵の嫡子《ちゃくし》なのかと、レナは改めて相手を見る。

父親とよく似た空色の短髪と同じく空色の瞳のジェスリーは、それ以外のところはまるで父親に似ていなかった。厳《いか》つい海の男らしい父の容貌《ようぼう》とは反対に、女にしてもおかしくないような甘い顔立ちをしている。

「はい！　女王陛下に申し上げたいのですが、わたし達二十五名はミルナート王国全土から、それぞれの地域で、陛下の王配に相応しいと領主や大学の学長、軍の騎士団長などから認められ、推挙《すいきょ》されてきた者達です。まだ、顔すらろくに見ていない段階で、ここに集《つど》った王配候補者達がカーイ・ヤガミ摂政代行閣下に劣《おと》ると決めつけるかのような発言をなさるのは、君主としていかがなものかと思います」

一瞬、場は水を打ったように静まり返った。

その空気にジェスリーは怯《ひる》むことなくレナと摂政代行閣下を真《ま》っ直《す》ぐに見ている。

――そ、それはそうですけどっ！

でも、言わせて貰《もら》えば、レナは領主達や軍や大学に、王配候補者達を推挙しろと命じた覚えはない。カーイが勝手にやったのだ。

――でも、カーイ摂政代行がやったことって、結局わたくしの責任になるのかしら……？

勝手にされたことなのにそれは理《り》不《ふ》尽《じん》ではないかとかなんとかレナが考えていると。

「ホホホ……！」

今まで一言も発せず面白《おもしろ》そうに場を眺めていたレナの母が高らかに笑った。

「流石《さすが》は王配候補者。骨がある者が来ているようですわねぇ。レナ、あなたの負けですわぁ」

「お母様っ！」

「母后《ぼこう》陛下の仰《おっしゃ》る通りです、女王陛下」

母に加え、カーイも追い打ちを掛けてくれる。

「ここに集った二十五人の若者を、私のような親の顔も名も知らぬ孤児と比較して、無価値のように扱うのは、彼らの家と彼らを推挙した者達をも否定する行為です。女王陛下といえども、ここにいる若者達には相応の敬意を示すべきです。彼らは王配にならなかったとしても、陛下の長い治世を支える領主や騎士や科学者となる者達なのですから」

「――」

――もう！　そ、それは正論ですけど！

正論だが、〈イホン海峡〉の海賊を一掃《いっそう》し、摂政代行として数々の功績を立てた自分を無価値な男のように言うのもおかしいとレナは言いたくなる。

「カ」

「しかしながら、ジェスリー・シラドー」

言いかけたレナの気を挫《くじ》くように、ふわりと狼《おおかみ》のしっぽのような黒髪がレナの視界を横切り、カーイがジェスリーのほうを向き直った。

「〈あの！〉と女王陛下に声をかけるのは、臣下《しんか》としてありえない。シラドー男爵は、女王陛下に対する礼儀をそなたに教えなかったのか？」

言われたジェスリーは「あっ！」と小さく呻《うめ》いて、それから真っ赤になった。

「……失礼、いたしました……」

ジェスリーが素直に頭を下げると、カーイが微《かす》かに笑った。昔、レナによく見せていたような顔で。

それからまたすぐに四角四面の官僚モードの着ぐるみを着込み直したようできつい口調で叱《しっ》

責《せき》を続けた。

「まだ幼い女王陛下がその幼さ故《ゆえ》に礼儀に反した言動をとったからと言って、臣下がそれにつけ込んで身分も弁《わきま》えず、幼い女王陛下に対し、無礼講に振る舞っていいということはない。幼い女王陛下を支える王配の候補者として、そして今現在幼い女王陛下の一人の僕《しもべ》として、しかと反省するように」

これには、ジェスリーはともかくレナがカチンときた。

「カーイ！　わたくしのことを何回〈幼い〉と言えば気が済むの！」

レナの抗議はやはり〈堅苦しい官僚の着ぐるみ〉を着込んだカーイには、まったく刺さらなかったようで。

「できれば、あなたの教育係である私がもう〈幼い〉という単語を使わないで済むよう、女王陛下には大人の言動を取って頂《いただ》きたいと考えておりますが、何か？」

と、平然とした顔と口調で切り替えされた。

「！」

レナは言葉に詰まった。

――どうして？　いつから？

そんな思いが頭を埋め尽くす。

――いつから、カーイはこんなに冷たくなったのかしら？

そう思った瞬間。

「カーイのばかぁあああ！」

言葉は勝手に唇から溢れ、レナは子供みたいなことを言ってしまったことに居たたまれず、その場を逃げ出してしまった。

──や、やだ。

雛壇を駆け下り大広間を出て、バタバタ自室に駆け込んでから、レナは床にへたり込んだ。

「り、立派な女王様らしくないこと、してしまったわ……」

それもカーイの前で、カーイに対して。

③

「カーイのばかぁあああ！」

と、涙目で叫んで駆け去ったレナに、一瞬、カーイは思考停止状態になった。

薄い色ガラスの入った眼鏡《めがね》は今日も目の表情を綺麗に隠してくれているはずだ。

だから、多分間抜けな表情を、この王国を救ってくれるだろう二十五人の若者達に晒《さら》したりはしていないと思うのだが、どうか。

――……あー、やっちまったなー。

床にしゃがみ込んで頭を掻《か》き毟《むし》りたい衝動をなんとか抑える。いい年した大人がそんなガキみたいな振る舞いをするわけにはいかないのだ。

――いつだって傷つけるつもりなんか一欠片《ひとかけら》もないし、大切に大事に扱《あつか》っているつもりなのによー、なんで上手《うま》くいかないんだ？

俺の何が悪いんだと誰かに問うてみたいが、生憎《あいにく》そんな親しい人間はこの場にはいない。

――ま、レナの場合、普通の女の子と違うわけだし、しょうがないのかな、ラース？

なので、今は亡き親友に心中で問いかける。

傷つけたくはないが、無条件に甘やかすわけにもいかない。

ただの女の子ならともかく、レナはこの王国の女王だ。

甘ったれで面倒なことは何でも人任せで自分の楽しみしか興味がないようなダメ女――ハッキリ言えば、レナの母親なわけだが――みたいな人間に育って貰《もら》うと困るのだ。

たった十七歳で亡くなったレナの父親の一番の親友を自負するカーイとしては、親友の忘れ形見であるレナには歴史に残るような立派な女王になってほしいと思っている。

そして、このミルナート王国をラースが望んでいたような豊かで平和で幸せな人々で満ちた国にしたいと願っている。

——しっかし、いやもー、ホント、女の子って難しいなー。

二十九年も生きていれば、女の子と付き合ったことがまるでないなんて聖人君子みたいなことは言わないが、そういう相手とレナはぜんぜん違う。

関係が拗《こじ》れたからと、あっさりサヨナラできるような軽い存在ではないのだ。

——娘みたいなもんだよなー。

〈お父さん〉は何があっても娘を見捨てないし、嫌いになるなんてありえない。

そんな風に大事にしていても、近衛騎士団や各省庁の部下の既婚者に聞けば、一定の年齢を超えた娘との関係に苦慮《くりょ》するお父さんは呆《あき》れるほど多い。

本当の父親でも、娘との関係は苦慮するもののようだ。

——しかも、俺の場合は本当のお父さんじゃなくて、あくまでお父さんの親友だしなぁ……。


世間的には前国王陛下の一の忠臣《ちゅうしん》。

現女王陛下にとっては、摂政《せっしょう》代行。


本当の父親でも難しいのに、こういう肩書きがお互いに色々付いているのだから、拗れるのもしょうがないかと、カーイは内心溜息を吐いた。

そんなカーイに声を掛けた猛者《もさ》がいる。

「カーイ、言い過ぎだったのではなくて？」

――出たよ、この××（※自主規制）女。

カーイはゆっくりと背後のレナの母親を振り返った。

狼だったら毛がビンビンに立っている。解りやすく言えば、敵意丸出しだ。

――俺を責められる機会は、絶対に見逃さないんだからなー、この女。

アリア母后《ぼこう》陛下。あるいは摂政閣下。

そう世間から呼ばれる相手の、結い上げた黄金の髪とカールした長い睫《まつげ》の下の神秘的な紫の瞳、そして精巧な芸術品みたいな美貌《びぼう》は、レナと瓜二つだ。

が、まだまだ十五歳のレナにはない妖艶《ようえん》さが豊満な肉体に満ちている。

それを魅力的だと感じる男は、この王国、いや世界に大勢いるようだが、カーイに言わせればこの相手は「毒婦の見本そのもの」だ。

――ラースの妻で、レナの母親じゃなきゃ、視界にも入れたくねぇ女だぜ、ったく。

カーイはアリアが嫌いだ。

向こうもカーイを嫌いだと公言している。

それでもアリアはカーイの親友の妻で忘れ形見のレナの母親で、親友が残した王国の摂政だ。

嫌いでも手を貸さないわけにはいかないし、相手は相手でカーイの武力や知力、国民の人気などを必要としていた。

歪《いびつ》な関係だと、我ながら思う。

内心の動揺をまったく感じさせない堂々とした態度で、カーイは切り返した。

「ご心配なく、母后陛下」

ラースはこの王国の第二王子として生まれながら、生まれつき顔にあった痣《あざ》を、両親や兄王子から醜《みにく》いと疎《うと》まれた。

そんな国王夫妻に忖度《そんたく》したのか、国教〈地母神教〉の法王が「この痣は王家に仇《あだ》をなす者の印」とか適当なことを言ったおかげで、ラースは北の離宮に捨て置かれた。

唯一彼のことを気に掛けてくれた乳母《うば》が亡くなった年の冬、食料を求めてカーイが離宮に潜《もぐ》り込《こ》まなかったら、ラースは早々に餓死《がし》か凍死したことだろう。

そうやってほとんど遺棄《いき》同然の扱いをしておいて、十七年前、ラースの両親と兄王子が疫《えき》病《びょう》で斃《たお》れた途端、この王国はラースを国王に迎えたのだ。

〈大洪水〉後の世界では、〈王族〉や〈貴族〉の〈祝福〉なしに、人々は生きていけない。

そして、〈貴族〉の〈魔力〉では浄化できないほど傷《いた》んだ土地や水源を〈王族〉や〈皇族〉は〈祝福〉し、浄化できる。

そんな風に、今のこの世界は、〈王族〉や〈皇族〉がいなければ、国は成り立たないのだ。

だから、どの国も〈王族〉や〈皇族〉は大事にされるものだ。

――けど、ラースは国王になる前も酷《ひど》い扱いを受けてたし、国王になったって、貧乏クジを引かされ続けたようなものだったな。

国王一家さえも毒牙《どくが》に掛けた疫病に、王国全土が疲弊《ひへい》し、盗賊は跋扈《ばっこ》し、周辺の海にも海賊達が溢《あふ》れていた。

まともに動ける〈貴族〉の数も減っていて、少しでも疲弊した土地が回復するよう、ラースは国中を行脚《あんぎゃ》し、〈祝福〉を与え続けた。

カーイもラースを助けるため、同行し、各地の盗賊《とうぞく》を退治して回った。

それでも王国は貧しく、ラースは北の大国セレーの援助を得るため、彼《か》の地で評判の悪かったアリア皇女を花嫁に迎えざるをえなかった。


——で、婚礼の翌朝、ラースは亡くなっていた。


カーイをはじめミルナート王国の主立《おもだ》った者達は皆、アリアがラースを毒殺したと疑ったが、決定的な証拠が見つからなかった。

それに元々ラースは体が丈夫ではなかったたし、国王に即位してから、〈魔力〉の使いすぎで倒れたことが何度もあった。だから、絶対に病死でないとも言い切れなかった。

そうこうしているうちにアリアの妊娠が発覚し、レナが生まれたのだ。

そうなると、ラースの一の親友を自負するカーイにとって、彼の忘れ形見であるレナを女王として擁立《ようりつ》し、アリアが摂政になるよう奔走《ほんそう》するしかなかった。

カーイ的に計算違いだったのは、自分は軍事面だけアリアを助ければいいと思っていたのに、アリアが摂政の仕事を全部カーイに投げてきたことである。

おかげで子供の頃、ラースと共に離宮の図書館に死蔵された本を読みあかしたくらいで、まともな教育を受けていないカーイが、行政の諸問題と格闘《かくとう》する羽目になった。

アリアも、〈貴族〉達も、カーイが軍事的に積み上げた功績を台無しにするくらい手ひどい失敗をするのを心待ちにしているのが解ったから、やってやろうじゃないかとカーイは思った。

軍のツテがある協力的な官僚から教えを請《こ》い、王宮のあほらしいくらい細かい礼儀作法を覚え、模範的な官僚らしい言動を身に付けた。

そうして打ち立てた数々の功績により、〈魔力〉もないのに今では公爵の爵位を得た摂政代行閣下《かっか》様になっている。

「何がご心配なく、なのかしら？　あなたは女王陛下をあのように動揺させて、なんとも思っていないの？」

さて、母后陛下で正式な摂政閣下は、舌なめずりしている蛇《へび》のような物言いだ。

――そりゃ、大事なレナを泣かせてしまったんだ。レナからバカと罵《ののし》られたんだ。ショックですよ。なんとも思ってないわけあるか、コノヤロ！

だが、それを摂政代行閣下という実質政権トップの立場で、この女やここにいる二十五人の王配候補者に見せるようなヘマはできないと、判断できるだけの頭が自分にはあるのだ。

「既に王宮のメイド達を、要所要所に配置済みです」

二年後、レナは十七歳。ミルナート王国では成人の年齢を迎える。

摂政も摂政代行も不要となり、名実ともにこの王国の女王になるのだ。

その彼女を摂政や摂政代行の代わりに支えるのは、彼女の夫であるべきだ。

彼女が生まれた時から王配候補者の選定は始まっていたが、そろそろ本腰を入れなくてはなるまい。

そう決意したカーイは半年前、王国全土に王配に相応《ふさわ》しい青年を推挙するよう密《ひそ》かに命じた。

そうして集められたのが、本日、この大広間にいる二十五名の若者である。

王配候補者を連れてきたらレナが怒るかもしれない。いや、それは自意識過剰《かじょう》だろ、オッサン――とか思いつつ、念のためメイド達を配置しておいて良かったと、心の中でカーイは胸を撫《な》で下ろしている。

「加えて、陛下が前回まで家出に使われていた経路は全て衛兵を置いています」

子供の頃、庶民《しょみん》の暮らしを知るのも悪くないだろうと、王宮を抜け出す方法を伝授したのは自分なので、たまーに〈王宮出〉をされてもカーイとしてはレナを責めるに責められない。

前回も前々回もその前も、大事《おおごと》になる前にカーイが見つけ出したが、レナももう十五歳。

一人でふらふら町に出るのは女王でなくても危険な年齢だ。

――これからは恒久的《こうきゆうてき》に、警備の穴は塞《ふさ》いでおかないとな。

王宮警備の衛兵の配置について今日にでも衛兵隊の隊長と相談しようと、脳内にメモる。

「そんなことじゃなくて！」

それにしても、今日のアリアはしつこい。

王配候補者達に〈いいお母さん〉の姿を見せようという魂胆《こんたん》かもしれない。

――すぐに本性がばれるんだから、無駄な努力をするなよなー。

「今夜は大きな行事もないですから、どれだけ陛下が泣きはらした顔になっても国政に影響はございません」

――まあ、王配候補者達との晩餐会《ばんさんかい》の席では、もう少し愛想《あいそ》良く振る舞って欲しいがな。

そんなことを思いつつ、親友の娘の父親代わりという立場は棚《たな》に上げ、女王陛下の有能な摂政代行としてサラサラと無表情に回答すれば。

「あの！　そういう考え方ってどうなんですか！」

と、王配候補者達からお怒りの声が飛び出た。

見れば、先ほども意見を述べたシラドー男爵家の子だ。

怒っているのか、甘く整った顔は紅潮している。

――親父さんに似て、あっついなあ……。

三ヵ月ほど前、新年の挨拶に王宮へやってきてカーイと飲んだ昔馴染みのシラドー男爵は、

「閣下、わしは、子育てに失敗したよ……」と泣き言を言っていた。

だが、どうしてどうして、悪くないんじゃないかとカーイは思う。

――見てくれはいいし、性根は真っ直《まっす》ぐだし、頭も悪くなさそうだし。ま、宮廷で生活するには、礼儀作法は〈がんばりましょう〉レベルだけどな。

と言っても、一応〈貴族〉の育ちなだけあって、ラースと共に王宮にやってきたばかりの自分よりは、断然マシだ。

「――ジェスリー・シラドー。もう少し礼儀作法ができているという風評だったが」

そういや先刻も注意したのに、また「あの」で始めるという同じ間違いを繰り返すのは減点一だな、と、カーイは脳内の王配候補者達の成績表にチェックを入れる。

ちなみにただただ黙ってこの場にいる他の二十四名は一律《いちりつ》減点二十だ。

――ジェスリーの正論に賛同を示すくらいのことはしろよな。

こういう場面で黙っているほうが何か物申すよりマシだなんて判断をするのは、甘い。大いに議論をするのが正解なところだ。

――国内でレナの王配を見つけるのって、ちょっと難しかったかな……。

王国中でこれはと思う青年を推挙せよと、各領主や陸海軍、王立大学などに命じ、その地その町、その団体でピカ一の青年を選んで貰ったはずなのに、今のところ、使えそうなのが、ジェスリー・シラドー一人だけとは。

——と言って、外国から王配を迎えるのは、うちの今の状態的に厳しいし。

この王国は海上貿易の要衝《ようしょう》という立地を活《い》かし、貿易の中継国として財を成《な》している。

そういう立場では女王がどこか一国に肩入れしているような婚姻《こんいん》をするわけにはいかない。

〈王族〉の在庫切れと言うのは、今の世界情勢的にまったく分が悪い。

ラースの兄も死ぬ前に子供の一人や二人、拵《こしら》えておけば良かったのにと胸の中で愚痴《ぐち》る。

「本当よねぇ、もっと言ってあげてちょうだい、ジェフリー・シラトー」

外国人の王配を選べない原因の一つであるアリアは「味方発見！」とばかりにジェスリー・シラドーの発言に乗るが、そこで頭の悪さが露呈《ろてい》した。本当に詰めの甘い女である。

——いつも思うが、この女、なんで人の名前を覚えられないんだ？　娘のレナは自分のメイドや料理人はもちろん王宮に勤める下っ端役人、庭師見習いまで顔と名前を覚えているのにさ。

そういう優秀で心優しい女王様に育てた己《おのれ》を自画自賛しつつ、数々の名前候補の中からアリアが強く〈レナ〉を推《お》したのは、娘の名前さえ長いと覚えられない自覚があったんじゃと、カーイは目眩《めまい》を覚える。

「諸君の耳にも外聞《がいぶん》の悪い噂が届いていることと思うし、今の女王陛下の振る舞いを見て、噂の半分くらいは本当だったと思っていることと思う」

この点はハッキリ言っておかなくてはいけないと、カーイは王配候補者達に向き直った。

〝十年前の約束を覚えていますか？〟

じっと紫水晶みたいな大きな目で尋ねられた。

覚えていないと言っては嘘になるが、覚えていても仕方がない。

〝大丈夫。君は〈呪《のろ》われた者〉なんかじゃないよ〟

そう、ラースは言った。

――けれど、結局、ラースは死んじまったじゃねぇか。

彼の死が自分のせいだという気持ちが、カーイはどうしても拭《ぬぐ》えない。

百歩譲《ゆず》って、自分が教会の言う通り〈呪われた者〉だったとしても、そうじゃなかったとしても、ラースを守れなかったことには違いない。

――女王レナは絶対に幸せにならないといけないし、ミルナート王国は絶対に繁栄し続けなければならない。

そうでなければ。

――そうでなければ、ラースの人生はなんだったんだってもんだろ？

だから。

——十九歳のガキと五歳のガキ同士で交わした約束なんて、お前と一国の将来を台無しにするほどの価値はないんだよ、レナ。

「だが、私は女王陛下が誕生された瞬間からお仕《つか》えし、陛下の養育に携《たずさ》わってきた。僭越《せんえつ》な言い方をすれば、亡きラース前国王陛下の代わりに父親の役目をしてきたと言っていい」

カーイは二十五人の王配候補者達全員に向けて淡々と語ると、改めてジェスリーを見た。

「私は十五年も父親代わりで、あえて言うならここにいらっしゃる子育てなどは召し使いのやる仕事と育児放棄《ほうき》されてきた母后陛下の代わりも務めてきた」

「あらあら今度の矛先《ほこさき》はあたくし？」

アリアはすっかり面白《おもしろ》がっている口調だ。

「カーイの言いたいことは解るわ。あの子の泣き顔など見慣れていると言いたいのでしょう？」

なぜかドヤ顔をされた。本当にアリアの考えていることは、カーイには理解しづらい。

「そうです。一々動揺していられません。そして、陛下にはいい加減親離れして貰わないと」

アリアに言うと、ジェスリー達王配候補者達に向かっては。

「女王陛下が私を王配にしようと言われるのは、幼子が大きくなったらお父さんのお嫁さんになるとか言っているのと同じだ。君達は、女王陛下の戯《ざ》れ言《ごと》を気にせず、この王宮にいる三ヵ月の間に、王配に相応しい人物であることを女王陛下や母后陛下、そして私に示してほしい」

④

「レナ」

「お母様」

心配するメイド達を追い出し、人払いをして自室のベッドの上で一人反省会を悶々《もんもん》と開催していたレナの所に、母がやってきた。

誰も入れるなと命じたはずだが、相手が母后《ぼこう》陛下兼摂政閣下《せっしょうかっか》とあっては、メイド達も部屋に通さないわけにはいかなかったらしい。

「レナは本当にカーイのことが大好きなのね？」

レナの隣に腰を下ろし、母は問いかけてきた。

「……お母様は、わたくしが王配にカーイを選ぶのは、反対？」

尋ねると、母は肩を竦《すく》めた。

「あたくし、難しいことはてんで解らないのよ、レナ」

そう言って、レナの頬にキスをする。

「だから、他のことと全部同じで、摂政代行閣下に任せるわ」

「……わたくしの味方はしないということ？」

「あたくし、難しいことはてんで解らないのよ、レナ」

レナの母はいつもこうだ。

なんの責任も持ちたがらない。

どうでもいいことは好き勝手しているが、人生の大事な場面で彼女が自分で選んだ唯一の事《こと》柄《がら》は、摂政代行にカーイ・ヤガミを指名したことだけだと、ずっと前に本人が言っていた。

「それはともかく、今からカーイが王配候補者達と訓練場で武術訓練をするそうよ」

「！」

レナはベッドから跳ね起きた。

最近のカーイは一日の大半を摂政代行として官僚モードで仕事をしていることが多いが、一応、近衛騎士団の団長でもある。だから、毎朝騎士団の訓練に参加している。

しかし、その時間はレナは国教である〈地母神教〉のミサに参加しなくてはいけないので、軍人モードのカーイを見る機会はめっきり減っていた。

「女王陛下として正々堂々と見学に行く？　こっそり覗きに行く？」

「……こ、こっそりで」

女王として少々情けないかもしれないが、さっきの今ではまだカーイと顔を合わせづらい。

「西翼の二階、赤の間のテラスの柱の陰なら、たぶん向こうに気付かれずに見られるわよ」

にんまりと母が言う。

腐っても十六年、この王宮で暮らしているから、どこからなら何が見えるとか、どの部屋に行くにはどの隠し通路を使えばいいとか、そういう知識だけはレナを凌《しの》ぐ。

――なんだかんだ言って、応援してくれてるのかしら？

母の笑顔は真意が読めない。

⚓

王宮の西翼の真横に面した近衛騎士団の屋外訓練所は、至ってシンプルだ。

屋外で、舗装《ほそう》はされていないし、芝生があるわけでもない剝《む》き出《だ》しの茶色い土が固められているだけの場所だった。

「おう！　じゃ、端から一人ずつ、長棒でも短棒でも、得意なもので、かかってこいや」

薄い色ガラスの眼鏡を外し、シャツの袖《そで》を二の腕までまくり上げ、己《おのれ》の身長ほどの棒を手にしたカーイは、先刻までとはがらりと言葉遣《づか》いが変わっている。

官僚モードの時は黒ずくめの格好もあって冷酷無比《れいこくむひ》で陰険そうな空気を身に纏《まと》っていたのに、ここでは妙に明るく、カラリとした雰囲気《ふんいき》になっている。

レナが子供の頃、よく目にしたカーイだ、

黒ずくめの格好は変わっていないのに、眼鏡《めがね》一つでどうしたことかと思う。

カーイにとってあの眼鏡はどうも官僚モードに自分を変更するための魔法のアイテムのようなものみたいだ。

「あれが本来のカーイ団長です」

呆気《あっけ》にとられた様子のジェスリーの横に立った青年が、たいして大きな声でもないのに語っているのが聞こえてきた。風がこちら側に向かって吹いているせいかもしれない

「眼鏡を掛けてる時は官僚モードなので、話し方も考え方も四角四面になられてるんですけど、本当はああいう豪放磊落《ごうほうらいらく》な方なんですよ」

団長のことが好きで、リスペクトしてるんだというのがよく解る口調だ。

――まあ、カーイが団長を務める騎士団の騎士なら、当然かしらね。

なんと言ってもカーイは武術の天才である。

レナの父が国王に即位した頃、最悪に近かった治安を回復させ、今では世界で一番治安の良い国と言われるようになったのは、偏《ひとえ》にカーイが国中の盗賊と海賊を締め上げたからである。

海でも陸でも一騎当千の戦士だと、誰もが褒め称《たた》え、演劇や小説が創られたくらいだ。

改めてジェスリーに話しかけた青年を見れば、彼は王配候補者の一人らしく、見てくれも悪くないし、体も鍛《きた》えられているようだった。

カーキ色に一部金の刺繍《ししゅう》が施《ほどこ》されたスーツは、確かに近衛騎士団の軍服だ。

軍服の色に合わせたかのような深緑色の髪は、肩先まで伸ばして一つに括《くく》られている。

――近衛騎士団ではカーイと同じ髪型が流行《はや》っているって、メイドが言ってましたわね。

軍人に限らず男性の髪は短いのが男らしいとされ教会もそれを推奨《すいしょう》しているが、名実共に軍のトップであるカーイが髪を切らないので最近軍の一部では長髪が流行っているとか。

「あの……、近衛騎士団の方ですか？」

ジェスリーが問うと、緑の髪の青年は笑顔で頷いた。

「そうです。団員達に推挙されて、王配候補者になりましたルアード・キリガヤと申します。よろしく、ジェスリー・シラドー君」

「よろしくお願いします、ルアード様。あの、キリガヤ伯のご子息でいらっしゃいますよね？」

（キリガヤ伯爵の息子ねぇ……。良い体をしてるし、顔も悪くないし、自ら見知らぬ相手に話しかけてくるほどに社交性もある。そして実家は名門。王配としては文句のない相手じゃないかしら？）

（お母様、静かにして下さい）

小声で囁《ささや》いてきた母に、レナも小声で返す。

そんな母子の会話をよそに。

「ああ、〈様〉なんていらないです。呼び捨てでいいですよ。君のほうが強そうだ」

ルアード・キリガヤはジェスリー・シラドーにそんなことを言っている。

「僕のほうが年上ですし、仰《おっしゃ》る通り僕の父はキリガヤ伯ですが、僕はしがない三男ですし、近衛騎士団では年齢や出身は関係ないんです。だから、敬語も不要です」

「そうなの……ですか？」

意外そうな顔をジェスリーがしている。

「幼馴染みが、地元の陸軍にいるんですが、彼らの話では軍隊は同じ階級でも年齢とか出身……〈貴族〉の爵位が上の者は下の者を目下の者として扱《あつか》うと」

「地方の部隊は解りませんが、少なくともカーイ団長がいる限り、近衛騎士団の序列の基準は、強いか、強くないか、ですよ」

ルアードがそうジェスリーに答えたところで、カーイの喝《かつ》が飛んだ。

「ルアード！　この訓練場で体を動かさずに口だけ動かすなんて、いつからそんな怠《なま》け根性になった？」

「申し訳ございません、団長！　新人に説明をしていました」

「説明？」

「ここでは年齢も爵位も何も関係ないと」

「言わないと解らねぇことか、それ？」

と、言うカーイ・ヤガミ団長の背後で、二十三人の王配候補者達が転がっている。

ジェスリーがルアードとほんの数分立ち話している間に――そして、うっかりレナが二人の会話に注意を向けている間に――、二十三人の王配候補者達をカーイは一撃でのしたようだ。

――み、見損ねてしまったわ……！

カーイのせっかくの勇姿を！――と、レナが内心地団駄を踏んでいると。

「ジェスリー・シラドー、貴様が王配候補者に相応《ふさわ》しい武力の持ち主か、見せて貰おうか」

カーイの金色の瞳が、遠目で見てもキラキラと輝いている。

レナにはよく解らないが、ジェスリー・シラドーはカーイが相手にするのを楽しみにするくらいに武術の腕前があるようだ。

――まあ、カーイが認めていたシラドー提督《ていとく》の息子さんですものね。

期待値は大きいのかもしれない。

「長棒でも短棒でも得意な物を持ってこい。あと、防具も好きに使え」

戸惑っているジェスリーに、カーイは壁際の武器棚を顎《あご》で示した。

現在、世界中でもっとも信仰を集めている――この王国では国教だ――〈地母神教〉では、〈大洪水〉は戦争を止《や》めぬ人々への神の怒りだと教えている。大地に血が流れすぎたせいだと。

戦争は悪であり、武器も悪である。

故《ゆえ》に熱心な教徒は武器を持たないし、作らない。そして、作らせない。

そうは言っても、盗賊《とうぞく》やら海賊に対抗しなければいけないわけで。

大地に血を流さず、元々武器として作られたものでなければいいだろうという屁理屈《へりくつ》の元、現在、軍人は長棒ないし短棒と呼ばれるものを使う。

ちなみに盗賊の大半も、もう一度〈大洪水〉を起こしたくはないと悪人なりに考えるのか、棒を用いるものが多い。

そもそも刃物を用いて人を害そうものなら、万一捕まったときには問答無用で死刑だ。それも〈地母神教〉の大聖堂の地下牢《ろう》で餓死、と決まっている。そんな恐ろしい刑が待っているとなれば、盗賊達も用心する。

ジェスリーは武器棚から自分の身長ほどの長棒を手に取ってきた。

「防具はいいのか?」

木の棒とは言え、当たり所が悪ければ死に至る。訓練や実戦時において、頭を守るヘルメット、心臓や内臓を守る胴衣をつけるのが通常だ。

「いいです」

「俺が防具をつけてないからって言っても、お前が防具をつけるのは卑怯《ひきょう》なことでもなんでもないぞ?」

「ですが、あの、やっぱり対等な条件がいいです。閣下の腕前には敵《かな》わないかもしれませんが」

「解った。じゃあ、そっちから、かかってこい」

とは言われたものの、ジェスリーは戸惑ったように立ち止まっている。

レナも護身術程度の武術は修めているが、上から見ていてもカーイにはどこにも隙《すき》がなかった。何気ない様子で長棒を肩に担《かつ》いでいるのに、だ。

男前の顔は笑っているが、金色の瞳はまったく笑っておらず、ジェスリーを視線で殺しかねないくらい強い眼差しを向けている。

かかってこいと言われたジェスリーは攻めあぐねたのか、両手で棒を体の前に斜《なな》めに持って、防護体勢を取った。

「来ないのなら、こっちから行くぞ」

「えっ！」

と、驚きの声をあげた瞬間には間合いが詰められてカーイが胃を狙《ねら》っているのに気づいたか、寸前でジェスリーは己の持った棒で払った。

が、カーイの突きの強さに、体勢を崩す。

尻餅《しりもち》をついたところでカーイの攻撃の第二波がきており、これまた寸前で目の前に横一文字に掲《かか》げた棒で、得物が剣なら叩き切るかのように振り下ろされたカーイの棒をなんとか防いだ。

が、そのままカーイが押す。

両腕でしっかり棒を握り締め、ジェスリーはカーイを押し返そうとするが、ジェスリーよりおそらく十キロは重いだろう体重をカーイが掛けているので、この力比べは圧倒的にジェスリーが不利だった。

あっという間にジェスリーの掲げた棒は、ジェスリーの額に触れそうなまでになった。

「エイッ！」

そこで、ジェスリーは声をあげ、十字になっていたお互いの棒を押し返すのではなく、渾身《こんしん》の力で己の左側に倒した。

そのまま反動で体が横に転がるのと同時に、右足でカーイの足を蹴《け》ろうとした。

が、カーイも反射神経は並《なみ》ではない。ジェスリーが棒を地面に立てるように動かした瞬間にはもう己の棒から手を離し、ジェスリーの足が届く範囲から飛びすさっていた。

「チッ！」

舌打ちをしたのはジェスリーか、カーイか。それともお互いか。

地面に転がった棒を、カーイに取り戻される前にジェスリーは自分の棒で突いてより遠くへ飛ばした。

カーイがそれを追うか追わぬか半瞬ほど逡巡《しゅんじゅん》した隙に立ち上がって、ジェスリーはカーイに向かって駆けだした。

「えぇぇぇえい！」

間合いは二歩。相手がカーイでなければ、ジェスリーの勝利は間違いなかっただろう。

しかし、カーイは化け物じみた反射神経で身を反《そ》らすと、信じられない膂力《りょりょく》でジェスリーの棒を摑み、それを固く握り締めていたジェスリーごと横殴りに振り回して、ジェスリーを地

面に叩きつけた。

　そしてなんとか頭を庇《かば》って背中から地面に落ちたジェスリーが立ち上がろうとした次の瞬間には、もうジェスリーの眉間《みけん》に棒が突きつけられていた。

　ただでさえ男前の顔がさらに笑顔で男前に磨《みが》きをかけたカーイが嬉しそうに言うには。

「この訓練場に初めて来た奴《ヤツ》が、俺に一撃で瞬殺されなかったのは、お前が初めてだ、ジェスリー・シラドー」

「……わ、わたしも十二で町の道場の師範《しはん》を倒して以来、こんなにコテンパンに凹《ぼこ》られたのは初めてです」

と、ジェスリーが返すと、カーイは上機嫌な顔で相手を立ち上がらせると、「そうか、そうか」とその肩を三回ほど叩いた。

　それから、カーイは訓練場の端に座り込んでいる他の二十三人の王配候補者に向かっては、厳《きび》しい声を出した。

「女王陛下は近衛騎士団がお守りする。女王陛下を最後の最後のところで守るのは、結局、王配の仕事になる。その王配候補者のお前らが、俺の一番不得手な棒術でさえ、一撃でやられるような腕前でいて貰っては困る」

「はいっ！」

　二十三人の若者が唱和して応える。

「ルアード、こいつらを救護室へ案内してやれ」

「僕はお手合わせいただけないのですか？」

ルアードがやや不満そうな口調で聞き返す。

「お前の腕前は今さら確認するまでもない。三番隊長より上。そこのジェスリー・シラドーより下だ」

ルアードの見立ては正しかったらしい。

「ジェスリー・シラドー」

「はい！」

改めてカーイはジェスリーのほうを向く。

「シラドー男爵から、お前は見かけと違ってとても繊細《せんさい》で他人と一緒では眠れないと聞いた」

「あの？　……あ、はい」

なんとも居心地の悪そうな顔で、ジェスリーが頷いた。

見た目、繊細な雰囲気を感じさせないが、父親が言うのだからきっと繊細な性格なのだろう。

「それで、くれぐれも、もうしつこいくらいくれぐれも！　専用バス・トイレ付きの個室を用意してくれと頼まれていた。王配候補者達は三ヵ月間五人一組となり、王宮の東翼で共同生活を送るものと俺は計画していたから、ふざけるなと思っていた。が、お前のその腕前とシラドー男爵の長年の功績に免じて個室使用を許可する。お前の部屋は、本殿三階の青の間だ」

救護室へ向かおうとしていた王配候補者達が一斉《いっせい》にジェスリーを振り返り、ざわめいた。

（まあ、彼はカーイにずいぶん気に入られたようね？）

（……そう、ですわね……）

レナは王配候補者達以上に青い顔で、母の言葉に頷いた。

本殿三階の青の間は、先々代の王子が使っていた部屋で、〈王族〉の子供部屋の一つだ。

今のミルナートには〈王族〉と呼べるのは、レナと母しかいないから、まれに母の甥《おい》や姪《めい》がやってきた時の客室になっている。

——個室を用意してあげるだけでも特別待遇《たいぐう》なのに、青の間を使わせるなんて……。

軍の古豪でも、カーイと何合も打ち合える者は少ない。ジェスリーの武術の腕前はかなりのものだろう。

シラドー男爵家は身分こそ男爵だが、ミルナート王国初期からの古い門閥《もんばつ》貴族である。

おまけに彼の父親はカーイが世話になったとリスペクトする元海軍提督だ。

カーイから見れば、二十五人の王配候補者の中の本命中の本命のように思えた。

「……どうしましょう……」

このまま手を拱《こまね》いていたら、自分はあの若者と結婚させられてしまうかもしれない。

「彼は王配として悪くないと思うわ。少なくともカーイはそう思っているようね」

レナが青ざめていると、母に駄目押しされた。

「お母様もそう思う？」

「ええ、あなたに似合いの相手だと」

「でも、わたくしはカーイと結婚したいのです！」

そうレナが言い返すと、母は頬に手をやり少し頭を傾《かし》げた。

「あなたがそう言うなら、あたくし、頑張って、彼に瑕《きず》を作ってみましょうかぁ〜？」

「……瑕……？」

意味が解らず母親の顔を二度見するレナに、母はただただにっこり微笑《ほほえ》んだ。

5

「待ちかねましたわぁ〜、ジェン、・シルトウ、、」

——お母様……。

母の居間で衝立《ついたて》の奥に隠れて膝を抱《かか》えて座っていたレナは、ガクリと項垂《うなだ》れた。

いつもながら母は人の名前を覚えない。

結婚当初から母付きのメイドとして仕えるローズマリーのことも、ローゼマリンとかローズアリアンとか、わざとじゃないかと思えるほど微妙に違う名前で呼び続けている。

母が名前をきちんと覚えている相手は、本当に数えるほどしかいない。

レナとカーイと父だ。

——でも、それはわたくしと父は家族で、カーイはそれに準ずるから……という愛情とか呼ぶ回数の多さとかではなく、単純に名前が短いからのような気が……

「お呼びに与《あずか》り、ジェスリー・シラドー、推参いたしました」

衝立の陰からレナが見ていると、さりげなく名前を訂正するジェスリーに、艶《つや》っぽい仕草で母は「あら」と肩を竦《すく》めた。

「ごめんなさいねぇ。あたくし、昔から人の名前を覚えるのが苦手なのよねぇ」

と、媚《こ》びるような視線を相手に送る。

「ねぇ、こちらに座って、ジェス」

母はふわふわとしたクッションが気持ちよさそうなソファーの、自分が座っているところの真横を叩いて示す。

ジェスリーと名乗ったのにジェスと呼ばれてしまったが、特に訂正せずにジェスリーは頷いた。が。

「はっ！」

と、頷いたもののジェスリーの顔は警戒心いっぱいで怯《おび》えているのがはっきりと見て取れた。

とりあえず示されたソファーの可能な限り端っこに座って、母から距離を取っている。

「まぁ」

そう言って、母がジェスリーの顎《あご》に手を伸ばせば、ぐっとジェスリーは体を反らして、その手を逃れる。

「あらあら、あたくしのこと、お嫌いなのかしらぁ～？」

「いえ！」

ジェスリーは跳ねるように立ち上がり、直立不動の体勢で尋ねることで話を逸《そ》らした。

「あの！　そう言うわけではないのですが、しかるに本日のご用件はなんでしょうか？」

ついでにレナの母から距離を取った。

「――」

そんなジェスリーを、蠱惑的《こわくてき》な微笑《ほほえ》みを浮かべた母は物言いたげに見上げて、ゆっくりと濡れたように赤い唇を開いた。

「――あなた、おいくつ？」

「先日、二十歳になりました」

「まあ、素敵。あたくしの夫は十七で亡くなりましたのよぉ～」

憂《うれ》いを含んだ瞳を伏せた。

――それは、赤子以外の全国民が知っています、お母様。

思わずレナは口に出さずに突っ込んだ。

「でも、亡くなった夫が二十歳まで生きていても、あなたほど素敵な男性になったとは思えないわぁ～」

――お、お母様……。

それは母にとっては単なる感想かもしれないが。

――お父様至上主義のカーイが聞いたら、お母様、文字通り瞬殺されてしまいますわよ……。

「ぼ、ぼ、ぼ、母后陛下《ぼこう》？」

「そんな無味乾燥な名前で呼ばないで。どうぞアリアとお呼びになってぇ。あたくし、その名誉をあなたに許して差し上げてよ」

この場にあの一騎当千を謳《うた》われる戦士がいなくて良かったと娘が神に感謝しているのも知らず、母はジェスリー相手に婀娜《あだ》っぽい芝居を続けている。

「……あの！　あなた様は、女王陛下の母君でいらっしゃいまして！」

相手の目を見ながら、ゆっくりとジェスリーは後ろに下がった。

まるで熊に遭遇《そうぐう》したかのような対処法だと、心の片隅でレナは笑ってしまう。

しかし、ジェスリーにとってみれば、レナの母は一歩対処を間違えると、熊より恐ろしい権力者だ。熊と似たり寄ったりの存在かもしれない。

「ええ、そう。だから、再婚も許されなかった。孤閨《こけい》を十六年近く守ってきたのよぉ。若い愛人の一人くらい持ってもいいと思わないこと？」

十六で結婚し、すぐに夫を亡くし未亡人になった。

その後、一人の恋人も作らずに青春時代を過ごしたのなら、確かに母の人生は気の毒だ。

「あ、あの！　カーイ・ヤガミ摂政《せっしょう》代行閣下《かっか》はっ！」

閣下は愛人じゃないのですか――と、最後までジェスリーは言わなかったが、言いたいことは解った。

世間では、カーイが平民出身なのに摂政代行閣下にまで上《のぼ》り詰めたことに対し、母の愛人説というのが根強いとレナも知っている。

「カーイ？　カーイは駄目よ。あの人、あたくしのこと、大嫌いなのよ。あたくしも大嫌いだから、おあいこなんだけれど」

そして、母がカーイのことを嫌っていることも、カーイがレナには見せないようにしているが母のことを好ましく思っていないことも、レナは知っていた。

「ですが、摂政代行閣下は、その、母后陛下の取り立てで出世されたと、伺《うかが》っておりますが」

ジェスリーの言葉に、母は声をあげて笑った。

「大嫌いだから仕事を押しつけていたら、まあ、腹が立つくらい有能なのよ、あの人。まともな教育も受けていない孤児のくせに、動物的直感が鋭いと言うか、地頭が良すぎると言うか。どんな無理難題を振っても片付けちゃうのよ。こちらは完璧《かんぺき》に嫌がらせのつもりだったのに」

――嫌がらせ？　嫌がらせで、カーイに丸投げしてたんですか、お母様……。

彼が有能で義侠《ぎきょう》心《しん》に厚い人間でなかったら、自分も国もどうなっていたのだと、レナは目眩《めまい》を覚えた。

「まあ、あたくしは前国王の暗殺犯と疑われている外国人で、味方は赤子の女王と彼以外、一人もいない状況だったのだから、彼の有能さは正直、有《あ》り難《がた》かったわ」

——……。

レナは娘が聞いていることを知っていて、言葉を取り繕《つくろ》わない母にそっと苦笑した。

カーイは母が父を殺した可能性があることをレナに告げたことは一度もない。

〝あんな別嬪《べっぴん》な嫁さんを貰って、幸せで幸せすぎたから、ラースの心臓は止まってしまったんだろうさ〟

そんな風にカーイは父の死を説明した。

レナの前では母を疑っている素振《そぶ》りも見せたことがない。

それでもカーイが母のことを疑い、嫌っているのは、なんとなく察していた。

そして、それ以上に、父を守れなかった自分に腹を立てていることも。

「できるかぎり彼の権力が大きくなるように、後押しはしたわ。でも、彼を出世させた理由は、出世する度《たび》に、彼が心底厭《いや》そうな顔をするのが面白《おもしろ》かったからよ」

「は、はぁ……」

ジェスリーが目を白黒させているが、レナもまったく同じ思いだ。

「そういうわけで、ジェンリー。あなたをあたくしの愛人に指名します」

何がそういうわけでになるのかさっぱり解らないが、母は間違った名前で彼を呼ぶと、ジェスリーに白魚のような手を差し出す。

「……あ、あの！　でも、わたしは、女王陛下の王配候補者として王宮に招かれた身《まね》ですので！」

「まあ、ジェフ。あなたはとても素敵だけれども、レナの王配になるのは絶対に無理よ」

「どうしてでしょうか？」

「だって、あの子、赤ん坊の頃からカーイ以外の男性に目がいかないんですもの。我が娘ながら、呆《あき》れるほど一途なのよぉ」

――呆れていたのですか、お母様……。

「王配になれずに徒手《としゅ》で田舎《いなか》に帰るより、あたくしの愛人になって王宮で贅沢三昧《ぜいたくざんまい》できるほうが素敵じゃないかしら？」

「――」

ジェスリーはぐっと唇を噛《か》み締《し》めて、しばらく俯《うつむ》いていた。

母の手を取った場合のことを計算しているのかと思いきや。

「申し訳ございません。わたしは女王陛下の王配候補として王宮に参りました。それ故《ゆえ》、母后陛下の愛人になることはできかねます。どうかあしからずご了承下さい」

キッチリ頭を下げて、ジェスリーは母の申し出を断った。

「――まあ、つれない人ね」

母はそう溜息を吐《つ》いて。

「では、お下がり、ジェン・シラトー」

またまた名前を間違えられたジェスリーはしかし、そこにケチを付けることはなく、もう一度頭を下げて、部屋を辞した。

「……あたくしの誘惑が通じないとは、たいした堅物《かたぶつ》だと思わない？」

彼が部屋を辞してから三分後、衝立の陰にいたレナに母は声をかけてきた。

「娘婿《むすめむこ》としては、悪くないかもねぇ～」

「お母様！ それよりわたくしの王配候補者を誘惑しようとしたなんて、世間にばれたら、また……、お母様の評判が悪くなりますわよ」

また、と言いかけて、レナは言葉を飲み込む。

母の評判はあまりよろしくない。

摂政の仕事を全てカーイに投げて、自分は取り巻きの〈貴族〉達と茶会だ夜会だオペラだ観劇だと遊び回っているからだ。

しかし、彼女が下手《へた》に口を出さずに全てを有能なカーイに任せているからこそ、国が正常にそして豊かに回っていることや、歴代の〈王族〉として飛び抜けて浪費をしているわけでもない以上、母を咎《とが》めるのも、十五歳のレナには難しい。

レナの小言めいた言葉に、母は扇子《せんす》を振った。

「あら、なんのためにあなたを衝立の陰においていたと思うの？　あの若者がその気になったら、あなたに騒いで貰《もら》うためじゃないの」

そうこともなげに言うと、母はレナの肩を叩いた。

「さて、じゃあ作戦その二を実行しましょうか」

「作戦その二？」

レナが母を見上げると、母はにっこり笑った。

6

王宮の本殿三階、青の間。

ジェスリーのために用意されたそこは、客間兼居間と寝室の二間続きの部屋で、カーイが約束したとおり個人用のバス・トイレ付きの広い部屋だ。

母后《ぼこう》陛下に解放されたあと、他の王配候補者達と共に王配として必要な教養の講座を受け、晩餐《ばんさん》までひとときの休憩《きゅうけい》を取りにその部屋に入ったジェスリーは、もう少しで叫び声をあげそうな顔をした。

何度か空気を噛《か》んでいるジェスリーに、ベッドに腰掛けたレナは、ぎこちなくもなんとか微笑《ほほえ》みを作って話しかけた。

「こ、こんにちは、ジェ、ジェスリー」

母のように名前を間違えてはいけないと思うあまり、噛んでしまった。恥ずかしい。

そんな小さな失敗にレナが俯《うつむ》くと、ジェスリーは所在なげにバタバタと腕を動かし、頭を揺らし、意味もなくレナの前を数回右左と横切って。

「……あの、陛下。なぜにこの部屋にいらっしゃるのでしょうか……？」

「そ、それは、あの」

どうもジェスリーは「あの」が口癖《くちぐせ》らしい。

それがレナにも移ってしまった。

「……あ、あなたと、お話ししたいことがあったの……ですのよ」

こういうことは慣れていないのだ。母と違って。

カーッと、頬が染まるのが自分でも解る。

――な、慣れるのも、お、おかしいですわよね？

「わ、わたしと、ですか……？」

「え、ええ……」

レナは落ち着かない表情で、自分の足を見た。

先刻の場のような公式の場で身に付けていたレースとフリルとリボンの重装備のような飾り気たっぷりのドレスと違って、今、身に付けているのは簡素なワンピースだ。

膝丈《ひざたけ》までしかスカートはないし、素足にレースの室内履《ば》きで、ちょっと体を見せすぎではないかと気が引けている。

母はジェスリーがレナと二人きりになれる機会があれば、絶対にレナを襲って王配になるための既成事実を作ろうとしてくると、言った。

〝ちゃんとこの母が、助けに入りますから、安心して誘惑するのですよ〟

「安心して誘惑するのですよ」という言葉に、何か矛盾《むじゅん》があるというか、母の使う王国語が間違っているような気がしてならなかった。

〝でも、お母様、こういう手段を執《と》るのは……〟

〝あなたはカーイと結婚したいのでしょう？　だったら最有力候補の彼に瑕《きず》を付けて脱落して貰《もら》わないと。あなたが彼と結婚してもいいのなら、別にこんなことはしなくてもいいけどぉ〟

ジェスリーとは結婚したくない。絶対に。

ジェスリーが悪いわけではないが、レナが結婚したいのはカーイだけだ。

〝まあ、女の子と同じ部屋にいるだけで、即襲いかかるような本能剝き出しの人間は王配には相応《ふさわ》しくないですしぃ～、そういう猿か否かを測《はか》ると考えたらいいかもぉ～〟

……というような事情で、ジェスリーの寝室に潜《もぐ》り込《こ》んだわけだが。

「……あの、女王陛下」

「な、なにかしら、ジェスリー？」

「お話ししたいことは、今、この場じゃないと駄目なのでしょうか？」

「どど、どうして、今では駄目なの？」

「若い淑女が一人で男性の部屋を訪ねるのは礼儀に反してます。あの、変な噂が立つと、陛下もお困りになるのではないですか？」

——ま、まともな人だわ……！

先ほどは母の誘惑にも乗らなかったし、レナと二人きりになったからと言って、襲いかかるような倫理観の軽い人間でもない。

——え、えっと、でも、この人が物凄《ものすご》く真《ま》っ当《とう》で立派な王配候補者だったりすると、わたくし的にはとても困ることになるわけで……。

「れ、礼儀作法の先生みたいなことを言うのね」

レナはとりあえず会話を繋《つな》げることにした。

今ここで何事もなく部屋を出てしまっては、まったくなんの意味もなくなってしまう。

「先刻はカーイに、礼儀がなっていないと言われていたのに」

「はぁ……」

ジェスリーは困ったように空色の頭を掻《か》く。

「あ、あなたは、わたくしにとって危険な人物なのかしら？」

「き、危険と言うか…………」

また、激しくジェスリーは頭を掻いた。

「あの！　若い男の部屋でベッドの上に薄着で座っているというのは、まさに〈据《す》え膳《ぜん》食わねば男の恥《はじ》〉ってシチュになりますよね！」

そう言って、ジェスリーは見事レナをベッドに押し倒してくれた。が。

「っっ！」

股間《こかん》に鋭い蹴《け》りを入れられたジェスリーは女王から飛びすさって離れた。

「あっ！　あの、ご、ごめんなさい。は、反射で…………………」

男女のアレコレというより、誘拐《ゆうかい》対策でレナはカーイから護身術を教わった。

犯人が男なら股間を蹴るのが手っ取り早いと。

実際、何度か誘拐されかかった際にレナは、この護身術を実戦したことがあるのだが……。

「い、たぁ……」

と、痛がってはいるが今までの相手の悶絶《もんぜつ》具合より薄すぎる。

「陛下……」

「ジェ、ジェスリー、あなた……」

奇《く》しくも二人同時に同じように口を開く。

「わたくしの蹴りを受けて、真《ま》っ直《す》ぐ立っていられたのは、あなたが初めてですわ」

「あ、あの……」

ジェスリーの顔色が、変わる。

「それに……あ、あの、……蹴《け》った感じが違いましたし………」

薄いレースの室内履きは靴《くつ》と言うより、靴下に近い。蹴り上げた相手の股間に、あるはずのものがないことが判別出来るくらいには、薄い生地だったのだ。

改めて見れば、空色の短い髪は男の子としか思えないが、甘い顔立ちは最初から女の子みたいだと思ったのだ。

「……」

じっ……と見上げると、相手は青い顔をしたまま無言で後ずさった。

後ずさっているうちに背中が壁際の本棚までくっついてしまった。と。

「ふふふ、どういうことなんでしょうねぇ～？」

「ひっ！」

突然、ジェスリーの隣にあった壁の本棚が扉のように開いてレナの母が現れたので、今度こそジェスリーは悲鳴を上げて尻餅をついた。この本棚は隠し扉なのだ。

「あたくし、殿方を袖《そで》にするのは日常茶飯事《さはんじ》ですけどぉ、袖にされるのは十数年ぶりのことでしたわぁ」

ツカツカとジェスリーに歩み寄った母は言う。

――お、お母様？　なにか凄く胡乱《うろん》なことを仰ってません……？

深く考える前に、母はさらに言葉を続けた。

「あたくしの唯一の取り柄であるこの美貌《びぼう》が衰《おとろ》えたのかと、酷《ひど》く傷つきましたのよ」

――あ、美貌しか取り柄がないって、お母様、自覚あったんですの？

と、反射的に思ってしまって、レナは反省した。

「まあ！　お母様の色仕掛けを無視する殿方なんて、母后陛下の愛人と女王陛下の王配のどちらが権力により近いか計算ができる程度の知能を持ち合わせているだけで、お母様の美貌に衰えなんて少しもなくってよ！　お母様はいつだって世界で一番美しいわ」

なので強く母の美貌を支持した。

少々言葉は変だったかもしれないが、とにかくレナとしては精一杯、この困った母を褒《ほ》めあげた。常識はないし無責任だし自分勝手この上ない人だが、レナにはたった一人の母だ。

「ありがとう、レナ。愛娘《まなむすめ》にそう言って貰えて、母も嬉しくってよぉ～」

母はレナにはニコニコとして頷くも、ジェスリーには冷たい視線を向けた。

「でも、ジェスリーったら、女の子なのに、レナには襲いかかろうとしたのよねぇ～？」

「そう言われれば、それも変な話だわ。……ああ、もしかして、ジェスリー、あなた、女性だけれど殿方より女の子が好きというタイプの人なの……？」

「はっ？」

レナに言われたジェスリーは固まった。

固まられたレナはレナで、慌てた。

「ああ、ジェスリー。大丈夫よ。大丈夫。わたくし、〈地母神教〉の教母様みたいなことを言うつもりはないわ」

この世界の人々は〈大洪水〉の再来に怯《おび》えている。

ほとんどの国が〈地母神教〉を国教とし、主神〈地母神〉の怒りを買うことを恐れ、その教義に従って生きている。

そんな〈地母神教〉の教義では、同性愛を認めていない。

しかし、大地に血を流すことさえ避けていれば、〈地母神〉の怒りを買うことはないと言う宗教学者もおり、大都市ではそちらの考えの支持者が増えてきている。

現実的に同性愛者が一定数いる以上、彼らを無闇矢鱈《むやみやたら》と差別せず、教義との折り合いをつけるのが、正しい為政者《いせいしゃ》だとカーイも言っていた。

「あの、わたくし、あなたと、そ、そ、そういうお付き合いは、残念ながらできないけれども。そ、それは別にあなたの性的指向を否定しているわけではなくて、ほ、ほら、わたくし、女王ですからね。王家の存続の義務がありますもの。で、でも、あなたがそういう人だからって、差別したりしないわ。世の中には、色んな人がいて当然ですものね」

「まあ、レナ。あなたは本当に立派な女王陛下なのねぇ……」

レナの言葉に母が感心したように頷いた。

レナも褒められて少し嬉しくなる。

「お母様、カーイが人を差別するのは一番悪いことだと言ってましたのよ。だから、わたくし達は、ジェスリーが、殿方ではなくご婦人を恋愛対象とする女性でも、嫌ったり差別したりしないようにしなくてはいけませんわ」

この王宮の真の主と言ってよいカーイが同性愛者を批判する気がない以上、ジェスリーのこの性的指向が王宮中にバレても、メイドも侍従も官僚も、彼女を差別したりしないと思う。

——ですが、わたくしからもきちんと薫陶《くんとう》しなくてはいけないですわよね。

そんなことをレナが真面目に考えていると。

「あの！　わたしは別にそういう性的指向があるわけではないのですっ！」

と、ジェスリーが悲鳴をあげた。

「ただ、あの、女王陛下があまりに無防備でいらっしゃるので、それはいかがなものかと思い、僭越《せんえつ》ながら教育的な意味であのようなことをしただけで、はい。あの、ご推察の通り、わたしの肉体は女性なので、陛下を襲っても既成事実とか作れませんので！」

「……では、ジェスリーは、女性を恋愛対象にする女性ではないの？」

「そういう女性が世の中にいることは存じていますが、わたしにそういう性的指向はございません。と言って、男性が好きということでもないので、〈恋愛にまったく興味がない人種〉になるかと存じます」

「まぁ……！」

レナと同じ年頃の〈貴族〉の令嬢がご学友として王宮に招かれることがあったが、彼女達が話すことの多くは恋愛がらみで、レナ自身幼い頃からカーイに恋してきた。

だから、〈恋愛にまったく興味がない人種〉とは、初めて出逢った外国の人のような気がした。

「まあ……そうなの。で、でも、世の中には色んな人がいて当然ですもの。ジェスリーのような人もいますわね」

――大切なのはどういう人であれ、差別をしないこと、ですわ。

それがカーイからレナが骨の髄《ずい》まで叩き込まれた正義だ。

レナの言葉に、ジェスリーは明らかにほっとした顔をした。が。

「でも、そんなジェスリーがどうして男として、王配候補者になりましたのぉ～？」

レナの母の言葉に、再びジェスリーは青ざめた。

⑦

「ジェスリー・シラドーは、わたしの双子《ふたご》の兄の名前です。わたしは自身はジェスリン・シラドーが本名なのですが、できましたら、ジェスと呼んで頂《いただ》ければと。幼い頃からずっとそう呼ばれてきましたので、ジェスリンと呼ばれても、どうにも自分の名前と思えないのです」

青の間の客間兼居間の瀟洒《しょうしゃ》なソファーに座って、これまた瀟洒なテーブル越しにレナと母の二人に向かって、最初にジェスリーことジェスが言ったのはこんな話だった。

「それでは、あなたはお兄様の代わりに、王配候補者としてやってきたの⁉」

「そうです。本物のジェスリーはとても体が弱くて。ほぼ一年中寝込んでいます」

「まあ、それは大変お気の毒ね」

カーイの語る父もそれに近いほど体の弱い人だった。なのに国王として無理を押して各地を〈祝福〉して回ったので命を縮《ちぢ》めたのだと、カーイは少し怒った調子でよく語っていた。

「ありがとうございます。そんな兄と比べてわたしは風邪一つ引いたことのない健康体で、武術も得意だったりしましたものですから、リューマチで馬に乗るのも難儀している父の代わりに、男の格好をして領地のあちこちで〈祝福〉をしたり、破落戸《ごろつき》をとっ捕まえたり、領民達のケンカの仲裁などをしたりしていました。……教父様、教母様方には叱《しか》られそうですが」

〈地母神教〉の聖職者を男性は教父、女性は教母と呼ぶ。

彼らは信徒達に「男性は男性らしく、女性は女性らしくしましょう」と教える。

〈大洪水〉前の世界は、男性だからとか女性だからと職業や服装を性別で決めつけたりしなかったものだそうだが、そういう考えも地母神様の意に沿わないことだったそうだ。

故に女性が男の格好をしたり、その逆をしたりすることは〈地母神教〉の聖職者や熱心な信者には認められないことだ。

「でも、領地には〈祝福〉が必要ですし、領地の治安を守るのは領主一族の大事なお仕事ですわ。教母様も女性は女性らしくあれと仰《おっしゃ》いますが、義務や責任を放棄するのは悪いこととも仰います。領主の一族の一人としては、女性らしくあることより、義務や責任を守ることのほうが大事だと、わたくしは思いますわ」

「陛下……、ありがとうございます」

レナの言葉にジェスは心底安堵《あんど》したようで、硬かった表情を緩《ゆる》めた。

「……ともかく、そのような事情で兄は部屋に引きこもっているし、私は男の格好をして領地を闊歩《かっぽ》しているものですから、世間はすっかりわたしが兄のジェスリーで、病弱で引きこもっているのが妹のジェスリンだって思い込んでしまったのです」

王都のような都会には同性愛者が一定数いて、女装男装等の異装者もいなくはない。

彼らに眉を顰《ひそ》める〈地母神教〉の聖職者や信者ももちろん存在するが、表立って批判する者は、少なくともミルナートの王都にはいない。

為政者《いせいしゃ》であるカーイがそういった性的指向や容姿、家柄、出身地や学歴その他諸々の差別を嫌うからだ。

ただ、シラドー男爵家の領地のような田舎まではカーイの政治的主義も広まらず、男装など認めないと言うよりは、女性が男装するという発想すらない頭の固い保守的な人々が多いようだと、レナはジェスの話を聞いて思った。

シラドー男爵としても下手に真実を言って、教会や領民の反感を買うのを恐れたに違いない。

「それで、どうして王配候補者に？」

「陛下は、わたしの父が摂政代行閣下《せっしょう かっか》と親交があるのをご存じですか？」

「ええ。カーイはいつもシラドー提督《ていとく》に感謝し、立派な人物だと褒めていたわ」

「そ、そうなんですか？」

初耳だったらしく、ジェスは目を丸くした。

「父からは海軍時代、摂政代行閣下には大変お世話になったと伺《うかが》っています。摂政代行閣下が海賊《かいぞく》退治に本腰を入れて取り組んでくれたおかげで、貧弱だった海軍の装備も立派になったし、なにより摂政代行閣下の指揮は的確で、個人の武勇も素晴らしく、父は何度も命を救われたと」

「まぁ……」

今度はレナが目を丸くした。

カーイはシラドー男爵のおかげで助かったという話は何度もしたが、自分が男爵を助けた話は一度もしなかった。

——そういうところが、カーイらしいわ。

好きな人の美点を再認識してレナは顔をほころばせた。

「今年の新年のご挨拶《あいさつ》に伺った時に摂政代行閣下が、男爵の長男は立派な青年だと聞いている、ぜひとも女王陛下の王配候補になって貰いたいと仰ったそうで。他に良い候補者がいなくて困っているのでどうかと父に頭を下げられたそうです。お世話になった方にそこまで言われて、父も真実を言って断れなかったのです」

「でも、ジェス。あなた、本当に王配に選ばれたらどうするつもりだったのぉ～？」

母が口を挟《はさ》んだ。レナも同じ疑問を持っていたので、ジェスを見る。

「あ、それはないと父が断言していましたので。女王陛下は摂政代行閣下に夢中で他の男に見向きもしない。摂政代行閣下もいい加減、覚悟を決めればいいのに、と」

「まぁ……、いいお父様ね！」

元々シラドー男爵には好感情を持っていたレナだが、このジェスの言葉にさらに男爵に好感を持った。まったくジェスの父の言う通り、カーイはいい加減覚悟を決めればいいのだ。

「ええ、いい父です。王配候補者としてわたしを送る上で、とにかく一人部屋だけは確保してくれと頼み込んでくれましたし」

そう言えば先刻カーイがジェスの一人部屋を用意した理由として、シラドー男爵からくれぐれもと頼まれたからだと言っていた。

——では、別にカーイはジェスを王配候補者として気に入ったから、お部屋を用意してあげたわけではなかったのね。

そう知ると、〈王配候補者のジェスリー〉に瑕《きず》をつけようと、アレコレした自分や母が間抜

けな気がする。

「一人部屋ならなんとか女性とばれずに、王配選考の三ヵ月を乗り切れるかと、私も父も思ったのですが……」

「素晴らしいわ！」

　ジェスが苦笑したところで、唐突にレナの母が立ち上がった。

「……はい？」

「お母様、素晴らしいとは……？　ジェスのお父様のこと……？」

　ジェスもレナも意味が解らず、立ち上がったアリアを見上げる。

「違いますわぁ〜。ああ、いえ、ジェミーのお父様は素晴らしいですわぁ〜。でも、それとはべつのことですのよぉ〜素晴らしいのは」

　そう言って母は「フフフ……」と、不気味な含み笑いをした。

「……新しい嫌がらせのチャンス……！」

「え？」

「はい？」

　レナとジェスに問い返されて、母は「ハッ！」としたような顔でパタパタと手を振った。

「いえいえ違うの。違うのよぅ。今のは、ちょっとした、い・い・ま・ち・が・い☆」

　今年三十二歳になる人とは思えないようなお茶目な仕草でコツンと自分の頭を叩いて見せて、

母はテヘとばかりに肩を竦《すく》めた。

レナとしてはジェスの手前、かなり恥ずかしい……。

「あたくし、常々《つねづね》思っていたのですけれどもぉ、レナ、恋愛下手《べた》すぎじゃないかってぇ～」

「……れ、恋愛……、下手……」

正直己《おのれ》が恋愛上手《じょうず》だと思ったことなどないし、得意だと思ったこともない。

とは言え、実の母親に〈下手過ぎ〉と指摘されると、とてつもなく胸に来るものがある。

今日までのカーイからの相手にされなさっぷりを思うと、十五年の事実の重みまでずっしりと感じてしまう。

「あのねぇ、レナ。恋愛というのはぁ、押すばかりじゃ、ダメなの。たまには引いてみることも大事なのよぉ～」

「……引いて、みる……？」

「そう。レナはずっと小さい頃から、カーイのことが大好きで、カーイのことが大好きだと公言してきたし、態度にもそれが現れていて、たまにしか会わないシラドー男爵にさえ、カーイに夢中って見透かされている状況でしょう。そうするとねぇ、なんというか……、男の人にとってレナの好意のありがたみが薄れるのよねぇ～」

「……ありがたみが、薄れる……？」

先刻からバカみたいに母の言葉をオウム返ししていると、我ながらレナは思った。

思うが、母の言葉には妙な説得力があった。

「そう。ほら、どんなに美味《おい》しい料理だって、毎日食べていたら嬉しくなくなってしまうけれど年に一度しか食べられない料理となると、その日がとても楽しみになるし、その一皿が毎日食べる料理の何倍も美味しく思えるでしょう～？」

「それは……」

そのたとえはとてもよく理解できた。

例えば、レナは地母神様の誕生日にだけ作られるケーキが、大好きだ。

このケーキは普通のバターケーキに粉砂糖を振っただけの簡素なケーキなのだが、一年にその日にしか食べられないため、他のどんなケーキより美味しく思えるのだ。

おそらくジェスも似たような好物があるのか、納得顔で頷いた。が。

「……あの、ただ、その話と先ほどの〈素晴らしい〉とは、どう繋《つな》がるのでしょうか？」

ジェスが恐る恐ると言った感じで尋ねる。

「今のカーイは、レナがカーイを好きなことを当たり前だと思っているのよ。でも、レナが他の殿方に気があるように見せれば、カーイも焦《あせ》るだろうし、自分が本当はレナのことを愛《いと》おしく思っていることに気付くのではないかしらぁ～？」

目から鱗《うろこ》である。

「で、でも、お母様。カーイの気持ちを確かめるために、殿方に気があるふりをしてみせるのって、その殿方に失礼になりますわ」

「そう。けれども、ジェスに対しては気の毒だと思わなくて良いでしょう～？」

「あ！」

「え？」

レナとジェスは同時に声を上げ、二人で顔を見合わせた。

「ジェスは殿方ではないし、女の子を恋愛対象にする女性でもないわけでしょう。しかも、恋愛にまったく興味がなくて、レナを好きな振りをしたり、レナがジェスのことを好きな振りをしたりしても、ジェスとしては困ることはないでしょう、恋愛的に」

「あの、れ、恋愛的には困りませんが、他の王配候補者の皆さんを騙《だま》すのは……」

「あら、他の王配候補者さん達も早くレナのことを諦《あきら》めるのがいいのではなくて？　レナはカーイと結婚したいと思っているんですもの。ねぇ、レナ」

一理ある。それに、なんと言ってもレナはカーイを王配にしたい。どうしても、彼でなければダメなのだ。だから。

「……ジェス。め、迷惑だと思うけれど、協力してくれないかしら……？」

多分溺《おぼ》れる人間が藁《わら》をも摑むような顔とは、今の自分の顔に違いないと、レナが思いながらジェスに頼むと。

ジェスは視線をあちらこちらにやった挙げ句、「承知しました、陛下」と言ってくれた。

8

「ジェス……ジェスリー・シラドーは、わたくしの隣の席に」

――おー、そうきたかー。

カーイは若干複雑な気持ちでジェスリー・シラドーを見遣《みや》った。

晩餐《ばんさん》の間の末席あたりでうろうろしていたジェスリーは女王陛下から隣に座れと命じられ、サッと青ざめた。

「ジェスリー・シラドー、陛下がお呼びだ。早く行きたまえ」

カーイが声をかけると、さらに青ざめた。

――うん？

薄い色のついた眼鏡《めがね》を掛けて官僚モードのカーイだったが、叱《しか》り飛ばすような口調ではなく、むしろ朗《ほが》らかと言っていい口調で言ったつもりだった。

なんにせよ、レナが王配候補者として集められた二十五人のうちの誰かに好意を示すのは悪いことではない。

――ってか、俺としては一応望ましいことだよなー。これで、シラドー提督《ていとく》への恩返しの目処《めど》が立ったってもんだぜ。

国内事情的にはルアードあたりを選んでくれると有り難《ありがた》かったが——と心の中で呟く。ルアードの生家キリガヤ伯爵家は王国内では名門だし、キリガヤ伯爵領は王国第二の港を抱《かか》える重要な場所だ。

——ただ、あいつはウザいところがあるからなぁ……。

近衛騎士団の団員は、カーイが団員になる前からの古参で〈貴族〉至上主義者であるほんの数人を除いて、ほぼカーイの信奉者だ。

その中でもルアードは群を抜いている。

——憧《あこが》れられるというかリスペクトされるのは悪い気はしないが、一定量を超えると、正直重いと言うかキモいよな……。

自分のような両親も解らぬ得体の知れない男を団長として尊重してくれているのだから重いなんて言ったら罰《ばち》が当たるかもしれないが——と、カーイは視界の端にルアードを認めて思った。

名門貴族の子息らしく、ルアードは文句の付けようのない所作でカーイの斜《なな》め前の席に座っている。

王配が決まるか、レナが成人したら、カーイは摂政《せっしょう》代行の役を解かれる。

そうしたら、カーイは少なくとも政治的な仕事からは身を引き、近衛騎士団の団長職に専念するつもりでいる。

レナもカーイに頼りすぎている面があるし、ルアードの度を超したカーイへのリスペクトっぷりをみると、もし、ルアードが王配になったとして、女王陛下夫妻がカーイをちゃんと一介《いっかい》の軍人として扱《あつか》えるだろうかと、不安を覚える。

——あまり俺のこと好きじゃない人間のほうが、レナの王配には向いているんだろうな。

そんなことをカーイが考えていると、ようやく女王陛下の隣の席に辿《たど》りついたジェスリー・シラドーがなんとも意気消沈《しょうちん》した様子で女王陛下の隣の席に座った。

「どうかしたの、ジェス?」

その顔色を見て、ジェスリーが席に着くと同時に、とても心配そうにレナが尋ねる。

「あの、ちょ、ちょっと持病の癪《しゃく》が」

ジェスリーが顔に貼り付けたような笑みを浮かべて、具合が悪い時の定番言葉を口走ると。

「おやおや、王配候補者に持病があるとは、よくないことだと思わないかい、アリア?」

——は?

いきなり母后《ぼこう》陛下を呼び捨てにした無礼者がいて、カーイはその声の主のほうを見た。

今夜の晩餐会は、広い晩餐の間にテーブルを四角く並べてある。

女王陛下の右隣に着席する母后陛下のすぐ斜め前の席に座った銀髪の男が、その声の主だ。

ちなみに彼の真向かいの席に、カーイは座っている。

——また、お前か。お前かよ!

カーイは晩餐会の席ではとても言えないような、港の酒場町仕様の悪態を心の中で吐《つ》いてから、いかにもな仕草で眼鏡の位置を直して男を見遣った。

「――グゥエンダル・バンディィ侯、ここはミルナート王国の王宮で、女王陛下主催の晩餐会の席です。我らが母后陛下の従兄君《いとこ》で、貴殿が故国でどのような立場の方であろうと、ミルナート王国では、女王陛下と母后陛下に敬意を示していただかないと」

「まあまあ、カーイ。そんなに一々お従兄様《にい》の言動に目くじらを立てていたら、あなたの見事な黒髪がすぐに真っ白になってしまいますわよ」

艶《あで》やかに微笑《ほほえ》んで、アリアが仲裁に入ってくる。

――何がオニイサマだ。お前がバカにされてるって、理解しろや！

と言うか、自分がバカにされるということはイコール女王陛下がバカにされるということで、すなわちこの王国がバカにされるということだと、どうしてこの女はいつまでも理解できないのだと、カーイは怒鳴りたい気持ちをなんとか抑えた。

――従兄だからって、ふざけんなよ。

グゥエンダル・バンディィ侯爵は、アリアの母国セレー帝国からきた駐在大使だ。

アリアの父であるセレー皇帝の双子《ふたご》の兄の一人息子になる。

数十年前、セレーの皇子だった彼の父とアリアの父は帝位を争い、セレー帝国は内乱寸前に陥《おちい》った。

結果的に前皇帝とセレー貴族の大半がアリアの父側につき、バンディ侯爵の父親は帝位争いに敗れた。

そして、彼は憤死したとか暗殺されたとか色々言われる謎《なぞ》の死を遂《と》げ、遺児《いじ》であるバンディ侯爵はアリアの父の庇護《ひご》下でアリアと兄妹のように育てられたと言う。

——そのせいか、お前ら二人とも性格の悪さ、常識のなさがそっくりだよなー。

セレー皇帝は厄介《やっかい》な存在のバンディ侯爵を駐在大使に、品のない友人達を侍《はべ》らせていると悪い噂の絶えなかった末娘を王妃に、と当時弱小国だったミルナート王国に押しつけた。

うちに不要品を押しつけやがって——というのが、カーイの十六年前からずっと変わらぬ二人とセレー皇帝に対する評である。

「お従兄様も、お従兄様の自由奔放《ほんぽう》な性格は存じてますけれども、ここはセレーの王宮でも、あたくしの私室でもないのですから、セレーの外交官として振る舞って頂かないと」

「おやおや、あの小さかったアリアがそんな立派なことを言うようになったとは」

小馬鹿にしたような口調でグゥエンダル・バンディ侯は言う。

——だーっ！　一応、そいつはうちの母后陛下で、レナの母親だ！

アリアは嫌いだが、アリアをバカにするのはレナとこの王国をコケにする振る舞いである。

再度、侯爵に言わねばとカーイが口を開く前に先に相手が口を開いた。

「アリア、それからご来席の皆々さん。僕はセレーの〈皇族〉だ。〈貴族〉でもない男の命令には従えない。僕は皆さんと違って誇《ほこ》り高い男なのでね」

――アホか、こいつ。

カーイは怒るよりも、呆《あき》れてしまった。怒りさえ萎《な》えさせてしまうほど、真剣に呆れた。

――さすがアリアの従兄だぜ。まごうことなくバカだな。

駐在大使が、自分が駐在している国の実質ナンバー一の相手にケンカを売って、どうするというのか。

確かに土地に〈祝福〉を与えるのは〈貴族〉だ。そもそも〈貴族〉がいなければ、土地は廃土になってしまう。

――だが、〈貴族〉がどれだけ〈祝福〉しようと、耕《たがや》す人間がいない土地は、結局荒れて廃土になるんだぜ。

〈貴族〉だけが偉いと思うなよと、カーイは言いたい。

さて、このバカ、どうしてくれようかとカーイが考えていると。

「それは、詭弁《きべん》というものですわ、グゥエン従伯父《おじ》様」

レナが口を開いた。

「百歩譲《ゆず》って従伯父様がセレー皇帝陛下ならともかく、この王国はわたくしの王国で、わたくしの母上や、わたくしが選んだ摂政代行に敬意を払えないと仰《おっしゃ》るのであれば、それはわたくしミルナート女王に敬意を払えないと言ってるのも同義でしてよ」

言われた侯爵は一瞬だけ怒気を表情に乗せた。

「セレー皇帝ならともかく、ねぇ……」

唇の片端を上げて笑って見せているが。

——おー、ものすごく痛いトコ、突かれたみたいだな。

世が世なら彼の父がセレーの皇帝で、彼はセレーの皇太子になったはずの男だ。そんなことを言われて、痛くないわけがない。

と言うか、そんなことはさておき、だ。

——ところで、俺の可愛《かわい》いレナはどこに行ったんだ？

カーイとしては、あの幼かったラースの娘が、いつの間にこんな的確に相手の傷口を抉《えぐ》りに行くスタイルの女王様になったのかと、いささか衝撃《しょうげき》を覚える。

——黙っていれば、まだまだ見た目天使なのになぁ……。

一国の女王として見れば、時にこれくらい辛辣《しんらつ》なことが言えなければ心許《こころもと》ない。

ので、教育係としては褒《ほ》めるべきところなのだろう。が。

——父親代わりとしては、可愛い娘にそういう立派な女丈夫《おんなじょうぶ》な女王陛下みたいな物言いはしてほしくないよなー。

つーか、いつまでも小さくて可愛くて幼い女の子でいてほしいと思うのは、俺のエゴか——と、溜息を吐《つ》きたくなる。

――ずっと五歳の女の子と十九歳の少年だったら、色々面倒なことがなかったのになぁ。

「身分はともかく、年上には礼をつくすものだと思いますが？」

侯爵が反論する。

――それにしても、本当にコイツ、頭、悪いよな。レナの倍以上生きているくせに。

分の悪さを認めてさっさと退却できないあたり、とうてい国のトップには立てない男だ。

レナもカーイと同意見らしく。

「女王が自分より遙《はる》か年下の小娘だから、敬意を払えないと仰るのであれば、ミルナート王国から出て行かれてもかまわないですわよ、セレー帝国の大使様。それとも、わたくしからお祖父様にお願いして、別の方を大使に任命して頂いたほうがよろしいかしら？」

同意見なのはいいとして「俺の可愛いレナは（略）」再び、である。

――マジ、強くなったもんだな。俺やアリアがバカにされた時、昔は、泣きそうな顔で固まっているだけだったのにさ。

金色の髪をいつものように背に垂《た》らしているせいか、レナの全身が光り輝いているように錯《さっ》覚《かく》する。

彼女が幼い頃にカーイが読んであげた絵本の妖精の女王様みたいに、歩く度《たび》に周囲に金の粉が散るのではないかと思うくらいだ。

世界一の美貌を謳《うた》われた母親を、レナはきっと超えるだろう。カーイの日には、アリアよりいつだってレナのほうが綺麗に見えたが。

「……」

顔に大きな痣《あざ》があったラースは、己《おのれ》の肖像画も写真も残すことを嫌った。

〈大洪水〉前は写真のような静止画どころか、動いている姿を記録に残すこともできたそうだ。

だが、そんな失われた技術が残っていても、ラースは何も残したがらなかっただろう。

〝君が気にしないのは知っているけど、他の人はそうじゃないからさ。――国王が醜《みにく》いというのは、国民にとって嬉しいことじゃない〟

だから、この王宮どころか世界のどこにもラースの面影《おもかげ》を偲《しの》ばせるものは残っていない。

痣があったのは顔の右側、額から頬にかけてで、反対側は染み一つなく、顔の左半分だけを見れば、ラースは普通に美少年と言えた。

カーイは時々、自分の覚えているラースの顔とレナがまったく似ていないのは、自分の記憶が曖昧《あいまい》になっていたり、歪《ゆが》んでいたりしているのかと思うことがあった。

――でも、自分の年齢の倍以上の大人相手に一歩も引かずにやりこめるところは、ラースにそっくりじゃねぇか。

レナはやはりラースの娘だと、カーイは思う。

「やれやれ、嫌われたものだねぇ。僕は、ただ、王配候補者は健康な男性を選ぶべきだと忠告しただけなのに」

フーッと、侯爵はわざとらしく溜息を吐く。

平均以上によく整った顔立ちなので、こんな場面でなければ女性陣が揃《そろ》って心を鷲掴《わしづか》みにされそうな憂《うれ》い顔である。

「ねぇ、陛下、ご存じですか。あなたのお気に入りになったシラドー男爵の子息には双子の妹がいて、とてもとても体が弱く、常に寝室で安静にしているそうですよ」

ジェスリーがこの王宮にやってきてカーイが特別扱いしたのはほんの数時間前なのに、もうジェスリーの家族のことを調べている。

――バカだが、無駄に鼻が利《き》く男だよな、ったく。

〈大洪水〉以前から言われてきたことだが、働き者のバカほど面倒な者はいない。

「ラース前国王陛下のこともありますし」

「は？」

ただ一音で、キ……ンッと音を立てて場の空気を凍らせたのを、カーイは自覚する。

女王陛下の晩餐会に実に相応《ふさわ》しくない空気となったが、ケンカを売ってきたのは向こうだと、大人げない自分を棚上げにして、カーイは侯爵を眼鏡越しに睨《にら》みつけた。

「侯爵は我がミルナート王国の女王陛下のお父上、ラース前国王陛下について、何か論評したいことでもあられましたか？」

売られたケンカを買う時に馬鹿丁寧な口調になるのは、この十年ほどで官僚仕様の言葉遣《づか》いが身についたせいだ。

以前ならいざ知らず、今ミルナート王国と事を構えることになれば、セレー帝国のほうが分が悪い。この十五年ほどで国力がひっくり返っているのだ。

――それ、自覚して、俺とミルナートにケンカ売ってんのかよ、てめぇ？

「……ともかく、王配は健康な男性から選ぶべきかと思いますね。一般論として」

カーイの不穏極まる表情に国力差を思い出したか、己が駐在大使であることを思い出したか。視線で人が殺せるなら瞬殺間違いないほど強い視線を向けるカーイから顔を逸らしたまま、侯爵は無難ながらも言いたいことを言い切ったようだ。

「例えば従伯父様のような？」

その女王陛下の直截《ちょくせつ》な質問に、侯爵は微笑むだけで応えない。

「まあ、レナ。いいえ、女王陛下。お従兄様は、陛下のお相手には年が行き過ぎてますわよ。お、親子ほども年が離れていますもの」

代わりに母后陛下が狼狽《うろた》えたように口を挟《はさ》む。

「女王陛下のお気に入りの摂政代行殿とたった五つしかかわりませんよ。あまり年寄り扱いしないでくれるかな、母后陛下」

――は？　お前がレナの王配になれるわけがないだろーが！　十四でも年が離れすぎてるのに、十九も離れてりゃ、レナから見ればおまえなんて爺《じじい》だぞ！　じ・じ・い！

歳回りで考えればアリアと結婚すればいいだろうが、と思う。

ただ、このミルナート王国の母后陛下でセレーの皇女たるアリアと結婚しても、この男にはミルナート王国もセレー帝国も手に入らないだろう。

セレーにはアリアの兄が三人もいるし、ミルナートではアリアは好かれていない。

外国人と言うこともあるが、前国王を暗殺したのではないかといまだに疑われているし、女王陛下の摂政としての仕事は全部愛人と噂されている――まったく事実無根だが！　――カーイ・ヤガミ摂政代行閣下《かっか》に丸投げで、お茶会だ舞踏会だと遊びほうけているからだ。

彼女が代行に指名したカーイが内政と外政の双方で数多の功績をあげていなければ、女王陛下の母君で現在のセレー皇帝の娘といえど、王宮から放逐《ほうちく》されても文句は言えなかっただろう。

そんな彼女が故国の人間と結婚したら、ミルナートの〈王族〉から除籍《じょせき》されるのがオチだ。

かなりのバカ侯爵だが、それくらいの情勢は判断できるのだろう。

だから、侯爵は母后陛下の再婚相手ではなく、女王陛下の王配の座を狙《ねら》っているようだ。

一国の皇帝になりそびれた男としては、どこぞの王となるために十九も下の少女と結婚するのも吝《やぶさ》かではないらしい。

――だからって、レナがお前みたいなバカなじーさんに靡《なび》くと思うなよ。

「ですけど、お従兄様」

「ご心配なく、従伯父様。ジェスは、カーイですら認めるほどの武術の腕前を持ってますのよ。時々お腹の調子が悪くなるからって、持病のうちに入りませんわ。ねぇ、ジェス」

「はい。あの、へ、陛下が、その、あ、あまりに、お美しかったので！　差し込みが！」

――おー、パニくってるなー。

いきなり自分の話に戻されて慌てているジェスリーに助け船を出そうかどうしようかと、カーイが様子を見ていると。

「ですが、あの、妹と違い、自分は今まで風邪一つ引いたことのない健康優良児でございます。先刻は〈持病〉と言葉の綾《あや》で言ってしまいましたが、単なる緊張しぃなだけであります！」

まあ及第点《きゅうだいてん》をやれそうな感じでまとめた。

「……そうねえ……」

緊張感の欠片《かけら》もないアリアの声が響く。

「美人は三日見れば見飽きると申しますわ。ジェスもあと数日しましたら、レナ女王陛下の美《び》貌《ぼう》に慣れるのではありませんこと？」

「まあ、お母様。わたくし、お母様とカーイのお顔は十五年以上見てますけど、いまだに見飽きませんわ」

「そ、そうですね。自分も女王陛下に見飽きるなんてことはないと思います」

母后陛下の軽口に、女王陛下とジェスリーが乗っかる形で返すと、険悪だった晩餐の間に自然な笑いが漣《さざなみ》のように広がった。

──うん。さすがはシラドー提督の子だな。

父親と同じで、場の悪い空気を良い空気に変換するだけの機転がある。

──と言うか、他の二十四名が、無礼な侯爵に対抗して何か言えなかったのは、どーよ？

カーイは脳内の採点表でジェスリー以外の二十四名を一律《いちりつ》三十点減点した。

9

「ジェス！」

「へ、陛下……！」

あの晩餐会から数日後。

王配たるもの、この王国の法律や各種制度について熟知《じゅくち》していないといけないらしい。

ジェス達王配候補者は、王宮内の図書館で摂政《せっしょう》代行閣下《かっか》による特別講義を受けていた。

そこへレナは足を運んだのだ。

「陛下、ジェスリー・シラドーは講義中です。また、あなたは今日はレイザンド王国の商業大臣との会談があったのでは？」

この場で唯一女王陛下に自分から話しかける特権を持つカーイが、講義用の卓に手を突き、例の眼鏡《めがね》越しにジロリとレナを睨《にら》んだ。

「商業大臣は、今朝《けさ》急にお風邪を召されたとかで、会談は中止になりましたの。それで、午前中の予定が空《あ》いたので、よければジェスに散歩に付き合ってもらえないかと思ったの。ほら、わたくし、シラドー男爵領やその周辺のこと、あまり知らないから、女王としてお話を聞くのも大事だと思って」

無難なようでわざとらしい理由を付けて仕事中の殿方を連れ出すのは、母曰《いわ》く恋を始めた女の子らしい行動らしい。

女王たるものそういうワガママな行動をしていいものかしら？　――と思わなくもなかったが、〈恋愛下手《べた》〉という烙印《らくいん》を押され、実際十五年もの片思いを相手に思いっきりスルーされ、別の相手との結婚を迫《せま》られている身としては背に腹は代えられない。

レナが内心「カーイから立派な女王様らしくないと思われないかしら？」とか「でも、レイザンドの商業大臣が会談をキャンセルしたのは本当だし」とか悶々《もんもん》としながら、相手の反応を待っていると。

「さ、散歩ならわたくしめが付き合います！」

カーイより先にルアードが反応した。

それを皮切りに我も我もと王配候補者達が自薦《じせん》を始める。

「いえ、ぜひこのフィル・サトーに」

「どうか、陛下との散歩の名誉をこのイツキ・タイラに」

「何卒《なにとぞ》わたくしグレン・イオリべめに、御命じ下さいませ」

――え、あ、ど、どうしましょう……？

レナがオロオロしていると、さっとジェスが手を挙げた。

「摂政代行閣下」

ジェスはカーイの傍《そば》まで歩み寄ると、一礼した。

「閣下の講義中に誠《まこと》に申し訳ございませんが、女王陛下の思《おぼ》し召《め》しに従い、陛下の散歩に同伴《どうはん》をさせて頂《いただ》いてもよろしいでしょうか？」

すると官僚モードのカーイは、ジェスの礼儀正しい物言いに満足したらしく、薄い色ガラスの眼鏡越しに目を和《なご》ませた。

「礼儀を弁《わきま》えてきたようだな、ジェスリー・シラドー」

――あ。

凄《すご》く上機嫌でジェスに向けて微笑《ほほえ》むカーイに、レナは一瞬心臓が止まりかけた。

こんな風に素敵な笑顔のカーイは久しぶりに見た気がする。

それは素直に嬉しい。嬉しいのだが。

――待って。なんだかおかしくありません？　カーイのあんな笑顔、最近、わたくしには見せたことないのに。

先日の訓練場の時だってそうだ。

まあ武官モードになっていたからというのもあるとは思う（と言うか、思いたい）が、ジェスはカーイの満面の笑みを引き出していた。

初めてやってきた日の晩餐会《ばんさんかい》の時も、レナがジェスへ隣の席に来るよう命じたら、上機嫌な笑みをジェスに向け、官僚モードのカーイとしては最上級の優しい口調で話しかけていた。

それやこれやあれやこれやを思い返すに、レナは一つの仮説に辿《たど》り着いた。

——も、もしかして、カーイはわたくしよりジェスのほうがす…………（※思考停止）。

レナが恐ろしい考えを思いついてしまい青ざめていると、同じくらい青ざめたルアード達が焦《あせ》った顔でカーイを振り返る。

「ま、誠にあいすみません！　カーイ近衛騎士団長閣下。陛下より先に団長に許可を取るべきでした。ルアード・キリガヤ、陛下の散歩に相伴《しょうばん》したく、閣下の講義を早退させて頂いてもよろしいでしょうか？」

「自分も、キリガヤ氏と同じです」

「自分もです」

わらわらと、王配候補者達はカーイの元に集まり頭を下げる。

そんな彼らを見て眼鏡をむしり取ると、カーイ・ヤガミ摂政代行閣下……と言うか、近衛騎士団長モードの彼はとびきりの雷《かみなり》を落とした。

「バカか、お前ら！」

卓上の書類が吹き飛び、窓ガラスが揺れるような大喝《だいかつ》だ。

「ジェスリーが陛下ではなく、俺に許可を願い出たのは、陛下が既にジェスリーを散歩の相手に指名したからだ。お前らは陛下から散歩の同行の許可をされていない！　それなのに、俺の講義をさぼろうとは、良い度胸じゃねぇか、ああ？」

「も、……申し訳……ござ……」

襟首《えりくび》を掴まれたルアードが真っ青な顔で、謝罪《しゃざい》の言葉を口にする。

「ちったぁ、自分の頭で考えろよ。他人が褒《ほ》められたからって、それを自分が繰り返しても、必ず正解というわけではないんだぜ」

そう言って軽くルアードを突き放すと、カーイはくるりとレナのほうを向き直り、眼鏡をかけ直して丁寧に一礼した。

武官モードと文官モードの切り替えが、ほんの一瞬で行われる。

「陛下。大変恐れ入りますが、陛下との散歩の名誉を、そこのジェスリー・シラドーだけでなく、王配候補者全員に与えてやってくれませんか？」

「団長……！」

ルアードが驚愕《きょうがく》した声をあげる。それに無反応なまま、官僚モードの摂政代行閣下は、四角張った物言いで話を続ける。

「ルアードは近衛騎士団からの推薦ですし、フィル・サトーは王立大学の、イツキ・タイラは海軍、グレン・イオリベはササ伯爵領からの推挙でここに参っています。推薦人達の面子を立てることも女王陛下の寛大さを示す上で重要なことかと」

「――え、ええ。カーイが、そ、そう言うなら」

「だ、団長っ！　ありがとうございます！」

つっかえつっかえしながらもレナが頷くと、感謝感激顔でルアードがカーイに頭を下げる。

するとカーイはいくらか照れたような様子でカーイは手を乱暴に振った。

「ああ、礼は俺じゃなく、陛下に言え、陛下に」

眼鏡を取ったわけではないが、対応が武官モードになっているのは、近衛騎士団員のルアードが相手だからか。

「はい！　陛下、ありがとうございます！」

「陛下、ありがとうございます！」

王配候補者達がレナにぺこぺこと頭を下げた。

⚓

春の陽射しは温かく、綺麗な花が咲き乱れ、柔らかな春風は香《かぐわ》しい。

しかし、片手に日傘《ひがさ》、もう片方の手でジェスの腕を取って春爛漫《はるらんまん》の王宮の庭園を歩くレナの足取りは、重かった。

水色を基調にし、ピンクのリボンと白いレースで飾られたドレスは、レナによく似合っていて、メイド達はまるで天使か妖精のようだと口々に褒めてくれた。

自分が着る分にはまったくドレスもリボンも興味がないというジェスでさえ、「そのドレス、とても可愛《かわい》くて可憐《かれん》で、陛下にたいそうお似合いです」と感嘆《かんたん》したくらいだ。

——でも、カーイは褒めてくれなかったわ……。

子供の頃は新しい服を着ると、「やべぇ、どこのお姫様かと思ったぞ」と大袈裟《おおげさ》に二度見して、「うちの女王様はマジ、何を着ても可愛いなー」と抱き上げてくれたものだ。

けれども、最近は、服のことで何か言われた覚えがない。

——あ、二十三日前、服飾費のやりくりが上手《うま》いと褒められたわ。

予算内で驚くほどバリエーション豊かな着こなしができる服やアクセサリー類を購入しているところが素晴らしい、と褒められたのだ。それは、素直に嬉しい。

——でも、わたくし、買い物上手とか着こなし上手《じょうず》とかそういうことより、ただ「可愛い」と褒めて欲しいのに。

毎朝、毎晩、時間の許す限りレナが一生懸命考えて装っているのは、「お前の親父が言ってたが、君主が見窄《みすぼ》らしいのは、国民にとって嬉しいことじゃねぇんだってよ。まあ、服飾費の財源は国民の血税だからな。アホみたいに贅沢な物を着ろとは言わないが、国民が可愛いとか美しい、立派だと自慢できるような格好をしないと駄目だぞ」と、昔カーイが言ったからだ。

だから、レナは国民が……カーイとて国民の一人なのだからして、カーイが可愛いと自慢できるような格好になるようにと、母親やメイド達やデザイナー達と相談し、創意工夫して、いつも頑張って装ってきたのだ。

こんなことを思うのはナルシストみたいだが、客観的に見て自分は世界一の美貌と謳《うた》われた母と似ているのだから、醜《みにく》いとか可愛くないとか言われるような容姿ではないと思うのだ。

──で、でも、人の好みは千差万別と言いますわよね……。

褒めてもらえなくなったのは、自分がカーイにとって、可愛くなくなったからであろうか。

──カーイはわたくしのような顔より、ジェスのような顔を好ましいと思うのかも……。

そんな認めがたい結論に落ち着く。

──だとしたら、どんなに頑張ってもカーイはわたくしの王配になってくれない…………

……？

絶望にレナは足を竦《すく》ませた。

（……あの、陛下。体調が、悪いんですか……？）

突然立ち止まったレナに、一定の距離を置いて背後についてくるルアード達に配慮しているのか、こそっとジェスが小声で尋ねてきた。

レナの落ち込みように気付いたらしい。

（……わたくし、……わたくし、恐ろしいことに気付いてしまったの）

（ど、どうなさったんです？）

問われたレナはジェスを見上げた。

レナは年齢の割に小柄と言うことはないが、ジェスは男性並みにもりもり食べて、ガンガン体を鍛《きた》えてきたらしく――なにせあのカーイを納得させるだけの武術の腕前だ――、平均的な男性よりも背が高い。

カーイと比較すれば頭三分の二くらいは低いだろうが、逆に二人並んだ時はちょうどいいくらいの身長差になるのではないかと思う。

綺麗な卵形の顔を縁取《ふちど》る空色の髪は、レナのありふれた金髪より美しく思える。

〈地母神教〉信者の女性にしてはありえないほど短いが、ジェスの程良く日に焼けた小麦色の肌に似合っている。

活発で健康的で明るいジェスの人柄を丸ごと閉じ込めたようなアーモンド型の空色の目も、レナの紫色の瞳よりずっと魅力的な気がした。

（じ、自分、何か失敗をしでかしましたか？）

黙っているレナを心配し、焦ったようにジェスは問いを重ねる。

（……いいえ、違いますわ。ジェスは……ジェスは、本当に整った顔立ちをしていますのね）

突然脈絡もなく顔を褒められて、ジェスは思いっきり戸惑ったようだ。

（……はぁ……、お、恐れ入ります……。あ、あ、あ、で、でも陛下やカーイ閣下に比べたら、自分の造作なんてたいしたことないです）

ハハハ……とジェスは笑って見せる。

レナが凹《へこ》んでいるのを気遣《きづか》ってくれたようだ。

そういう優しさをさらりと示せるジェスは凄いと、改めて思う。思ったので。

（……カーイは、わたくしより、きっとジェスのことのほうが好きなんですわ……っ！）

⚓

「はいぃいいいいいいい!?」

王宮中いや王都中にとどろき渡るのではないかと思うくらいの大声が響いた。

「ジェスリー君？」

不審に思ったルアード達が近寄りそうになるのを必死の形相《ぎょうそう》で押し止め、ジェスはかがみ込んでレナに頭を寄せた。

（……ど、ど、どこから、そんな発想が出てきたんですかっ!?）

（だって、カーイったら、ジェスにはいっつもニコニコしていますし）

（誤解です。講義中、ガンガン叱《しか》られています。訓練中も、なってないと凹《ぼこ》られています）

（でも、さっきだって、わたくしがジェスと散歩に行こうとしたら、他の皆さんも連れて行くようにと。あれは、ジェスとわたくしの二人きりでは絶対に散歩にやりたくないと思ったからですわ……！）

（あの、あれは、本当にあの場で言われた言葉通り、各王配候補者の推挙元に気を遣われただけだと思いますよ）

——本当に、そうかしら……？

レナはじっとジェスを見上げる。

見れば見るほどジェスの空色の髪と空色の瞳は魅力的で、カーイが気に入るのも無理はない気しかしてこないのだが。

「ジェスリー君、君は本当に陛下と仲が良いんだね」

二人がずっと立ち止まったまま黙り込んでいるので、ルアードが何気ない調子でジェスに声をかけてきた。

「あなたは、ルアード・キリガヤだったわね。近衛騎士団の」

レナはルアードに声をかけた。

先ほどカーイに忠告された通り、ジェス以外の他の候補者をまるっと無視するのは、女王として間違っていると思ったからだ。

「はい！　お見知りおき頂き光栄です、陛下」

「カーイがいつだったか、褒めていたわ。あなた、とても武術の鍛錬《たんれん》に熱心なんですってね」

「団長が、そんなことを、陛下に！」

ぱあっと意中の彼から告白された少女のようにルアードの顔が赤く染まった。

「ルアードは、カーイのことが好きなのね？」

「はい！　団長は素晴らしい方です！　尊敬しております！」

別に女王陛下の意に沿うようにと忖度《そんたく》しているわけでもなく、本気の本気でルアードはそう思っているようだ。嬉しくてしかたがないと全身で言っている。

「でも、騎士団の一部には、カーイのことを認めない人達もいると聞いたけれど」

「――ああ、以前の近衛隊の方々ですね」

輝いていたルアードの面《おもて》がしゅんと曇《くも》る。

「カーイ団長が近衛騎士団の前身である近衛隊に入隊される以前からの方々は、団長の力量は認めていらっしゃるんですが、やはり、その」

ルアードが言葉を選び選び言う。

レナの父親、つまり国王の親友と言うだけで〈貴族〉でもなんでもなかった、しかも当時まだ十二歳の孤児が、王宮の近衛隊の一員になるのは揉《も》めに揉めたらしい。

その神業的《かみわざてき》な武術で武勲《ぶくん》を重ね、カーイは一年あまりで隊長に上《のぼ》り詰めたが、それでも古株の隊員達はいい顔をしなかったと聞く。

「カーイが〈貴族〉の生まれでないことを気にしているのね……」

前にそういう人達は騎士団から追い出したらいいのにとカーイに言ったら、「反対意見を言う者も、組織には必要です」とあっさり却下《きゃっか》された。

レナは女王だが、実際の政治は摂政代行のカーイがやっているから、レナ自身に対する批判や批評、否定的な意見を直接聞かされることは少ない。

そのせいかもしれないが、レナは自分が素敵だわと思って身に付けたアクセサリーについて、学友やメイドが少し否定的な評を下すだけでも、簡単に凹《へこ》んでしまう。

――大人になれば、他人が何を言おうと気にしなくなるものなのかしら？

「ルアード君、そういう者達はそれなりに多いのかい？」

ルアードに話しかけたのは、王立大学から推挙されたフィル・サトーだ。

大学院で考古学――〈大洪水〉前の技術を復活させる学問だ――を研究しているという彼は、学者らしく分厚い眼鏡を掛けている。

「多少は」

「どこにでも頭の固いヤツはいるのだな」

応じたのは海軍から推挙されたイツキ・タイラ。ひょろ長いフィルと対照的に、身長は高くないが筋肉隆々としていて、海の男らしくよく日に焼けている。

「しかし、女王陛下をお守りする役目は〈貴族〉が担《にな》うべきだと思う、僕は」

〈貴族〉の中でも名家の出のグレン・イオリべが言い、そこから議論が始まる。

純粋《じゅんすい》な〈貴族〉ではないカーイが摂政代行閣下として国政を牛耳《ぎゅうじ》っていることに不満を持つ〈貴族〉はやはり多いのだと、レナは改めて知った。

二十五人の王配候補者達は、全員が〈貴族〉だ。中には外国の〈王族〉を母に持つ者もいた。カーイ騎士団長に心酔《しんすい》しているルアードや、母親が平民出身なおかげであまり〈貴族〉意識のないジェスを除いて、皆、今の体制への不満を口にする。

ついでに、ジェスの母親が平民であることも論《あげつら》われた。

ジェスが個室を与えられたことで、王配候補者の最有力候補と見なし、敵意を持っている者も少なくないようだ。

「でも、わたしは純粋な〈貴族〉の父より、〈魔力〉が強いんですよ」

後で聞いた話だが、ジェスは病気がちの兄と体の不自由な夫の世話を厭《いや》な顔一つせずに行う母を世界で一番尊敬しているそうだ。

だから、母親を非難されるようなことには黙っていられなかったとか。

「し、しかし、王立大学でも権威《けんい》ある〈魔法〉学者のオカ教授の研究論文によれば、〈貴族〉同士から生まれた子供より、〈貴族〉と〈平民〉の間に生まれた子供のほうが〈魔力〉が弱い、ないし、まったくない子供が生まれる確率が高く、八割以上だとの結果が出ている」

フィルがジェスに反論する。

その研究論文は確かに長年世間に流布《るふ》して、認められているものだ。ジェスもそれを知っているのか、悔しそうに黙った。

「知ってますわ。その研究」

ニコニコと微笑みながら、レナは口を開いた。

「〈貴族〉と平民の夫婦が三組、〈貴族〉同士の夫婦が七組で出された確率ですわよね？」

数年前に「摂政代行閣下を王配に選ぶのはお勧めできません」と家庭教師の一人に言われ、その理由の一つに挙げられた論文だ。

レナは言われた当日に王立大学から件《くだん》の論文を取り寄せ、関連論文にも全部目を通した。

そして、〈王族〉が〈平民〉と結婚した場合に生まれてくる子供が〈魔力〉を持たないという説の根拠の薄さに逆に吃驚《びっくり》したのだ。

「え？　あの、サンプルはたったそれだけなのですか？」

レナの横で、思わずと言った感じでジェスが声をあげる。

「へ、平民と結婚する〈貴族〉はそんなに多くないのだよ、ジェスリー君」

レナとジェスに突っ込まれてフィルは、ジェスに言い返した。

しかし、レナは容赦《ようしゃ》なく追い打ちをかけた。

「その程度のサンプル数では、結果が普遍的《ふへんてき》とは言えないのではなくて？　王立大学では、たった十例だけで普遍的定義だと結論づけるのが主流なのかしら？」

「い、いいえ、そのようなことはございません、陛下。ただ、この論文を執筆したのはオカ教授という大変有名な教授でございまして」

「名前の通った教授の論文だからと、中身を精査せずに鵜呑《うの》みにするのは危険なことだと、わたくしは思いますけれども？」

レナがフィルを見上げると、彼はサッと顔を赤らめ、次に青ざめ、俯《うつむ》いた。

「……サ、サンプル探しに、え、鋭意、努力します……」

数十秒かかって、やっとその言葉がフィルの口から出た。

無駄にプライドの高い人ね——と、レナは肩を竦めたい気持ちになったが、女王がそんな品のないことはできない。だから、かわりにニコリと微笑んで。

「ええ。サンプルが百を超えたら教えて下さると嬉しいわ。それから、皆さんのお気持ちはよく解りましたわ。では、ごきげんよう」

そう言って一人、くるくる日傘を回しながら宮殿に向かってレナは歩き出した。

もうこれ以上一言だってカーイの悪口を聞きたくなかったのだ。

「……」

十メートルほど歩いて、レナは誰一人自分に付いてきていないことに気付いた。

他の二十四人はともかく、ジェスも、だ。

「ジェス！」

（せっ・て・い！）

口パクで言う。

そんなレナの顔を見て、慌ててジェスは小走りにレナの元に寄ってきた。

（どうして、あなた、設定を忘れるの？）

母が作ったシナリオではジェスはレナに首《くび》っ丈《たけ》という設定なのだ。

が、恋愛に興味がないという本人の性格上、どうもこの設定に沿った行動がうまく演じられないようだ。

（いや、あの、ごきげんようとお別れの挨拶《あいさつ》をされたので）

（他の人達に言ったの！）

そうヒソヒソと言い返すと、レナはジェスの手を取って、無人の庭園をまた歩き出した。

ミルナート王宮の庭園は、とても広い。

何代か前の国王に造園が趣味だった王がいたおかげだ。

――なんだかわたくしのほうが、ジェスに首っ丈みたいに見えていそう。

そう思ったが、でも、それも良いかもしれないとレナは思い直した。

あの人達が全員レナのことを諦《あきら》めて、早くそれぞれの家に帰ってくれればいい。

——わたくし、ジェスはともかく、ああ、ルアードもともかく、他の人達は大嫌いだわ。ほんのちょっとしか知らなくて、国民の方々を大嫌いって言うのは、その、女王としては駄目で駄目で、子供っぽすぎるかもしれないけれど……。

でも、女王だろうと好きになれないものは好きになれないのだ。

——こんな駄目な女王だから、カーイは可愛いとか立派とか思ってくれないのかしら……。

「……あの、何を怒っていらっしゃるんですか？」

二十四人の王配候補者達から充分離れたと思ったのか、ジェスが尋ねてきた。

「…………怒っているように、見える？」

「はい」

ジェスは率直だ。そういうところが人間として好ましい。

「わたくし、……あの人達が酷《ひど》いと思ったの。皆、カーイの悪口ばかり言うんですもの」

「……ああ、だから、怒っていらっしゃるんですね」

ジェスの口調に咎《とが》めるような声音はない。

けれども、癇癪《かんしゃく》を起こした子供を宥《なだ》めるような表情に、レナは自分が子供っぽいことを言っていると思い知らされる。

「カーイは、〈魔力〉はないかもしれないけれど、彼は女王たるわたくしが認めた公爵で、摂政代行閣下なのよ。それが気に入らないだなんて、わたくしの決定にケチをつけているようなものでしょう？」

だから、余計に言い訳めいたことを言ってしまった。

「あの、そうは申しましても、摂政代行閣下が男爵、子爵、伯爵と段階を踏んだとは言え、〈魔力〉もなしに公爵になったのも、摂政代行をしているのも、かなり異例ですし、反発0《ゼロ》というわけにはいかないですよ。出る杭《くい》は打たれると申しますし」

ジェスは隙《すき》のない正論を言う。

レナが怒っているからと顔色を窺《うかが》ったり、変に窘《たしな》めたりはしない。

――ジェスは、立派だわ。それに大人だわ。

ジェスに比べれば、自分は本当に子供っぽいと思う。

――カーイに子供扱《あつか》いされるのも、しょうがないわ。

そうは思うが、やはり先ほど王配候補者達から聞かされた批判――批判を装った悪口にしか、レナには聞こえなかったが――が、応《こた》えている。

「……ジェスの言うことも解るわ」

解るというより、解らないといけない類《たぐ》いのことだろうと思う。

「でも、お父様の前の国王時代より、カーイが摂政代行を務めるようになってからのほうがいい国になっているわ。イホン海峡《かいきょう》の海賊《かいぞく》は壊滅《かいめつ》状態になり、我が国の財政は大幅《おおはば》に改善されたのよ。それにカーイの政策で孤児院や養老院も増え、浮浪者《ふろうしゃ》はいなくなり、治安も改善できたのに、カーイの政治に文句があると？」

「王都はそうかもしれないですが、わたしの故郷ではまだ、盗賊が出ますし……。別に摂政代行閣下じゃなくても、海賊を壊滅状態にできたと考える人もいるのではないでしょうか？」

「できていなかったから、お祖父様の代のミルナート王国は貧乏だったんじゃないの！」

〈大洪水〉のあと、世界は南北両大陸と、東方諸島、西方諸島の四地区に大きく分かれた。

南北大陸を分けるイホン海峡は、南北大陸の交流の場で、東方諸島と西方諸島を繋《つな》ぐ最短航路でもある。

そんな海上貿易の要衝《ようしょう》にもかかわらず、二十年程前のミルナート王国は世界でも一、二位を争うくらいの貧しい国だった。

〈王族〉が国力に分不相応な贅沢をする一方、イホン海峡の海賊を野放しにしていたおかげで、商船は迂回《うかい》するようになるし、商船が来なければ、海賊達は近隣の町や村を襲ったからだ。

「カーイはこの十五年、いいえ二十九年の人生の大半をミルナート王家と王国のために尽くしてきたのよ！　それなのに、あんな言い草、酷いわ」

カーイは三つの時に父に出逢ったという。

カーイは「ラースが俺を拾ってくれた」と感謝の言葉を口にするが、見方を変えれば、それからずっとカーイは父とミルナート王家に仕《つか》えてきたのだ。

三つの時からずっとである。二十九年の人生の大半だ。

――カーイは、本当にわたくしのために、この王国のためにたくさんのことをしてくれた。生まれつきの〈貴族〉ではないからと、あんな風に酷く言われ、バカにされても、ずっと我慢して、頑張ってくれた……。

「――ねぇ、ジェス」

レナはジェスの袖《そで》を引っ張り、震える声で彼女を呼んだ。

「はい」

「ジェスは、相手が男性だろうと女性だろうと、恋愛にまったく興味がない人なのよね」

「はい！」

ジェスはここぞとばかりと言った感じで、強く断言した。

「……あの、でも、もし、カーイがジェスのことを選んだら、どうかカーイの花嫁《はなよめ》になってくれないかしら？」

「ええ、いいで……は、はい？？？」

てっきり「断ってくれる？」と頼まれるとばかり思ったのだろう。

頷きかけて、ジェスは目を剝いた。

「あの！　それはいったい……」

「やっぱり、わたくし、カーイはジェスのことが好きなのだと思うの」

レナのほぼ倍、カーイは生きている。

レナが結婚適齢期《てきれいき》というのならば、カーイはもうとっくに適齢期を超えている。

それなのにカーイには配偶者はおろか婚約者もいない。

それはレナとの約束のためだと今までは無邪気に信じていた。

――でも、今までカーイが好きになった令嬢が一人もいなかったというのは、わたくしの願望よね。だってあんなに格好良くて素敵なんですもの。今まで恋人の一人や二人、いてもぜんぜんおかしくないわ。

それでも彼が今まで結婚しなかったのは、相手が〈貴族〉の令嬢ならカーイが生まれつきの〈貴族〉でないことを理由に、相手が平民の方ならカーイが公爵であることを理由に、断られたからではないか。

その可能性に、唐突にレナは気付いたのだ。

「それはありえないです！」

ジェスはレナの言葉に文字通り頭を抱《かか》えた。

「どうして？　だってジェスはお顔を姿も素敵だし、真面目《まじめ》で誠実《せいじつ》な人柄だし、わたくしと比べてずっと……大人ですし」

ブルブルと全身を震わせて、ジェスはレナの言葉を否定した。

「いえいえ、そんなことを言ったら、陛下ほど可愛らしくて可憐で、真面目で誠実な方はいらっしゃいません！」

「まあ、わたくし、あなたにそんなお愛想《あいそ》を言ってほしくて、褒めたのではなくてよ。わたくし、本当に」

「いえ、あの、陛下。失礼ながら陛下、あの摂政代行閣下がわたしにプロポーズするなんてありえないです！」

「そんなことなくってよ。だって、ジェスは」

「わたしは女王陛下の王配候補として王宮に参りました。それ故、摂政代行閣下の花嫁になることはできかねます」

いつぞや母に言った台詞《セリフ》をそのまままそっくりジェスは繰り返した。

「でも、ジェス」

「そもそも閣下はわたしが女性だと知りません。それで、どうして閣下がわたしに結婚を申し込むと思われたんですか？」

「あ……」

うっかりそのことを失念していた。

「——で、でも、カーイは、本当にジェスのことが好きだと思うの」

「摂政代行閣下は、失礼ながら、女性より男性を好まれる方なので……あ、それはないか」

ジェスは質問しかけて、自分で何か答えを見つけたようだ。

「摂政代行閣下はおそらく父に無理を言ったと思っていらっしゃって、他の候補者の方よりわたしに気を遣っていらっしゃるだけなのでは？」

「待って、ジェス」

「はい？」

「さっき別のことを言いかけてやめたのは」

「え？　あ、あの？　いえ、なんでもないのです」

明らかに挙動不審だ。

「摂政代行閣下は、失礼ながら、女性より男性を好まれる方なのですか――と質問しかけなかった？」

「……あの、それはありえないことだったと気付きまして」

「ありえないの？」

「逆にどうして陛下はありえると思われるんですか？」

「……わたくしが男の子じゃないから、カーイはわたくしのこと、好きじゃないのかしらと思って」

⚓

「はあぁあああああああああ!?」

今まで我慢に我慢を重ねて無言を貫《つらぬ》いてきたが、これにはさすがに王宮中、いや王都中に轟《とどろ》き渡るのではないかと思うくらいの大声が出た。

「カ、カーイ、ど、どうしてここに」

レナが真っ赤になって言う。

——それはお前、お前らのことが心配だったからだよ！　とか、摂政代行閣下が言えるわけがないからな。

「……私も講義の時間が空いたので散歩を」

そういうわけで白々しいことこの上ないが、しれっと言い切る。

色ガラスが入った眼鏡はこういう時、表情を隠すのに実に便利だ。

「ど、……どこから、お聞きになっていたんですか」

シラドー提督《ていとく》の子が恐る恐る尋ねてきた。

——まあ、それは気になるところだろうな、うん。

「……どこから」

——うん。まあ、全部聞いてたけどさー。

さて、どこから聞いていたと答えるべきかと、カーイは一秒ほど考えた。

「そうですね。陛下が私を同性愛者と疑っていらっしゃるあたりでしょうか」

「だって！」

半泣きでレナが反論してくる。

「だって、カーイ、わたくしのことが嫌いなんでしょう？」

――だから、いったいどこからその発想を持ってきた？

相手がレナでなければ首根っこを引っ捕まえて怒鳴り散らしたいくらい怒り心頭である。

――嫌い？

ありえない。

そこを疑われるとは、自分の人生の全否定に等しいんだが――と、強く主張したい。

――いかんいかん。俺、じゃねぇ、私はミルナート王国摂政代行カーイ・ヤガミ。女王陛下の摂政代行。摂政代行。摂政だ……。

心の中で冷静になる呪文を唱《とな》え、眼鏡を触って落ち着く。

「……陛下に申し上げたいことが二つございます。一つ、私は同性愛者を差別してはいませんが、同性愛者ではありません」

〈地母神教〉の教義的にアウトだが、同性愛者を完全否定したら、海軍をはじめ色々な組織が動かなくなる。

見方を変えれば同性愛者というのは教義で否定しなければならない程度に人数がいるのだ、どこの職場にも。

「一つ、私は陛下が男の子だったらと思ったことは、陛下がお生まれになってからただの一度もありません。一つ、私は〈差別〉が嫌いです。よって本人のせいでないことを理由に陛下を嫌ったりしません……おや、三つになってしまった」

――動揺してるなー、俺も。

「カーイ！」

とか内心バタバタしていたら、レナから手を伸ばされて抱きつかれてしまった。

最前「嫌ったりしません」と言い切った手前、突き放すこともできず、カーイはしかたなく昔みたいにレナを抱き上げた。

最後に抱き上げたのは、七年か八年前。

その時より背はずいぶん伸びたが、相変わらず羽のように軽く感じる。

――摂政代行と女王陛下という関係では、こーゆー接触、完全アウトなんだがなー。

海賊討伐《とうばつ》がだいたい終わって、毎日王宮にいるようになってから、カーイは意識して少しずつ少しずつレナと距離を取ってきた。

家族から、近所の住人。

近所の住人から、同じ町内の住人。

同じ町内の住人から、ちょっとした顔見知り。

自分にとってレナは、彼女が生まれ落ちたその瞬間から己自身が死ぬ最期《さいご》の時まで、大事な親友の娘で、この世で一番大切な存在だ。

だが、彼女にとっては、遠くの親戚《しんせき》のおじさんくらいの存在になるといいと思っていた。

――十九歳のガキと五歳のガキ同士で交わした約束なんて、レナと一国の将来を台無しにするほどの価値はねぇからさ。

⑩

先日、レナが庭で久しぶりにカーイに抱きついた時、カーイは昔みたいに抱き上げてくれたけれど、ほんの数分で「では、仕事がありますので」といつもの〈優秀な官僚〉の着ぐるみを着込んで去ってしまった。

その後もカーイは王配候補者達を家に帰したりせず、王宮であれこれ指導している。

――やっぱりカーイは自分以外の人を王配にしようと思っているのかしら……？

そのあたりを突き止めたく、最近レナは隠し通路を通って、毎晩ジェスの部屋にカーイと王配候補者達の様子を聞きに行くのが習慣になってしまった。

ジェスが言うには毎日、武術とか法律とか礼儀作法とか多岐《たき》に亘《わた》って講義をしたり試験や試合をしたりと、カーイは二十五人の王配候補者達の能力や才能をチェックしていると言う。

「王配候補者のチェックという面もあると思うのですが、王配候補者達は陛下と同年代の〈貴族〉ですから、陛下の治世を支える次の世代の者達を育てようという意図も感じられます」

メイド達も連れてきていないから、お茶はジェスが煎《い》れてくれる。

ジェスは料理はぜんぜんできないそうだが、お茶を煎れるのは上手《じょうず》だ。

「……そうなの」

渡されたカップを受け取りながら、レナは釈然《しゃくぜん》としない思いで相槌《あいづち》を打った。

次の世代の〈貴族〉を鍛《きた》えるというのは為政者《いせいしゃ》として正しいことだろうが、なんとなくカーイが自分のいなくなったあとのことを想定しているようで、レナとしては少し怖い。

「だんだん皆、閣下《かっか》のことを見直してきていますよ」

レナの沈《しず》んだ様子に、ジェスが気を引き立てるように言った。

「武術がお得意なのは父からいやと言うほど聞かされて知っていましたが、本当に吃驚《びっくり》するほどなんでもできる方ですね」

「そうね」

カーイが褒《ほ》められるとレナは素直に嬉しい。

「そうそう。陛下は、閣下が料理ができるとご存じでしたか？」

「……カーイが、料理？」

驚きすぎて、レナは受け取ったカップを取り落としそうになった。

〈地母神教〉の教えでは調理は女性の仕事である。〈大洪水〉前の世界では、男性も料理をするし、料理人は男性が多かったとも言うが、今では男性で料理をする者はほとんどいない。

「軍では調理兵などの非戦闘員《ひせんとういん》を避難させざるをえないこともあるので、男だろうと簡単な料理は作れないとダメだと」

それで今日は森で兎《うさぎ》や鹿《しか》を狩って、捌《さば》いて焼いて食べる方法を実地で教えられたそうだ。

「焼き肉だけでなく、その辺の野草とか茸《きのこ》とかでシチューを作って下さいまして。うちの母はかなり料理が上手いのですが、森の中で食材を確保してあれだけ美味しいものを作れと言われたら、母もお手上げじゃないかと」

「……わたくしには、料理を作ってくれることなんてなかったのに」

「あ、あの。それは、陛下は女性でいらっしゃいますから、普通に母后《ぼこう》陛下や教育係のご婦人に料理を習われたからでは？」

レナの拗《す》ねた口調にパタパタとジェスが慌てて手を振って言う。

「――お母様は料理など、教えて下さらなかったわ。教育係達も」

何よりカーイが「女王陛下が手ずから料理を作らなければならないような、みっともない事態には絶対にさせない。それが臣下《しんか》の役目だ」という、強い信念を持っていた。

女王陛下には料理より学ぶべき大事なことがあると、厨房《ちゅうぼう》に立ち入ることも許してくれなかったのだ。

「女性はいつか花嫁になるものだから、料理ができないと話にならないといって躾《しつ》けるものですが、わたしは母の料理教室から逃げ回ってました。わたしには料理より棒術や馬術のほうが楽しかったのです。陛下が料理教室から逃げ回る必要がなかったとは、実に羨《うらや》ましいです」

と、ジェスはいささか変な感想を述べた。

——そうね。わたくしは花嫁になる必要がないから、料理は不要だったと。

「でも、カーイもわたくしにだって料理を作ってくれてもいいのに」

「閣下も王配候補者達のために、特別に作って下さったんだと思いますが……非常時に女王陛下をお守りできるように」

「ジェスに手料理を振る舞いたかったのではなくて？」

つい意地の悪いことを言ってしまった。

「あ、あの？」

「女性は好きな殿方に料理を振る舞いたがるとよく言うでしょう？　カーイだってそれに似た気持ちになったのかもしれないわ。やっぱりカーイはジェスのことが好きなのよ」

先日、子供の頃のように抱き上げて貰ったから、それだけで幸せになってしまってうっかり聞きそびれたが、カーイはレナのことを嫌いにはならないとは言ったが、好きだと言ってくれたわけではない。

——好意がマイナスになることはないと保証してくれても、0からプラスになっていると言われたわけではないですわよね、あの微妙な言い方は。

完璧《かんぺき》な官僚トーク。官僚が「善処します（＝0回答）」と言っているのとほぼ同じだと思う。

「それはないと思います。ええ。あ、あの！」

引きつった顔で否定したあと、唐突にジェスは大きな声を出した。

「明日、明日ですね、王配候補者達とカーイ閣下でマルナ湖まで行くんです。マルナ湖で、釣りと魚の捌き方、調理の仕方を教えて下さるそうで、陛下もいらっしゃるのはどうでしょう？」

大急ぎでジェスが話を逸らしたのは判ったが、持ち出された話題にレナは目を輝かせた。

「素敵！　でも、カーイが許してくれないかも……」

明日のスケジュール的には日をずらしても問題のないものばかりだが、なんとなく反対されそうな気がする。

カーイは今まで一度もレナの前で料理をする所を見せたことがないのだ。

見せたくないから見せなかったと取るべきだろう。

「そうですねぇ……」

王宮の裏手に広がる丘陵《きゅうりょう》地帯と森林を抜けてマルナ湖まで、ジェス達は馬で行くと言う。

一人ずつ、十分おきに出発することになっているとか。

マルナ湖までの一帯は、女王直轄地《ちょっかつち》で、〈王族〉の羊や牛を放牧してある。民家もなければ不用意に一般人も入って来られない広大な土地だ。

普通に馬を走らせたら、稀《まれ》に羊飼い達に会う以外は、人っ子一人出逢えないような場所だ。

きちんとした道もなく——昔はあったが、防衛面の問題からカーイがなくしたらしい——そんな土地を一人で馬を走らせて、王宮の南西二十五キロにあるマルナ湖のボートハウスまで自分の方向感覚で辿《たど》り着けというのは、馬術だけでなくサバイバル能力的なものを測ろうとしているのだろう。

「陛下はマルナ湖まで行かれたことがおありですか？」

「ええ。何かあった時のために太陽や星を見て方向を確認できるようにと、同じことを何度かやらされたことがあるわ。一人きりではなかったけれど」

「では、陛下がわたしや他の王配候補者達と行くことになったら、候補者のそういう馬術やサバイバル能力を閣下が確認することができなくなりますね。とすると、陛下の仰《おっしゃ》る通り、閣下は同行を許可して下さらないかと」

「それならば、わたくしもカーイやジェス達が出かけてから、こっそり馬を出せばいいかしら？　マルナ湖まで来てしまえば、いくらなんでもカーイも追い返したりはしないわよね」

「あの！　いくら女王陛下の直轄地でも、お一人で移動させるのは……。馬車を出すわけにはいかないのですか？」

「馬ならお母様のメイドが使うものをこっそり借りて、お母様のメイドの振りをして出かけることもできるの。でも、馬車だと目立ちすぎてカーイにばれてしまう確率が上がるわ」

あー……と、レナの言葉にジェスが呻《うめ》いた。

「ジェスが最後に出発できるようにお願いをしたらどうかしら？　あなたと一緒なら大丈夫よ」

「はぁ……」

閣下の料理の話など、しなければよかったとジェスがぼやいていたが、レナは聞こえないふりをした。

⚓

王配候補者達とカーイが王宮の裏門のところに馬で集まっているのを、メイドに扮《ふん》したレナはこっそり物陰から見ていた。

ジェスは上手く立ち回ったらしく、ちゃんと最後の一人になったようだ。

と、カーイがジェスに何か話している。

遠すぎて声までは聞こえなかったが、ジェスが何やら青くなったり赤くなったりしていて、ただ事ではない雰囲気《ふんいき》が感じられた。

それで、カーイが行ってしまって充分時間を置いてから、レナはジェスに近づいた。

「ねぇ、ジェス」

「ひっ！」

後ろから声をかけたせいか、ビビり顔でジェスは振り返った。

「じょ、女王陛下。あ、あの……あの」

なんだかとても言いにくそうにしている。

レナは天を見上げた。

――大丈夫。わたくし、ちゃんと祝福できますわ、お父様。

顔も見たことのない天国の父に、心の中で宣言して。

「大丈夫よ、ジェス。ついに運命の日が来たのね」

「あの？　ウ、ウンメイノヒとは？」

「先刻、カーイがジェスに話しかけているのを見たわ。カーイはあなたにプロポーズしたのではなくって？」

「ち、が、い、ま、す！」

鼓膜《こまく》が破れそうなほどの大声で否定される。

「そんなことありません。落ち着いて考えて下さい」

――落ち着くのはジェスだと思うわ。

そうは思ったが、とりあえずジェスの言い分を拝聴する。

「わたしは女王陛下の王配候補から外されていません。百歩譲《ゆず》って閣下がそのような申し出をわたしにされるとしたら、まず、王配候補者からわたしを外されるはずです。また、摂政《せっしょう》代行閣下は任務中にそのような私用をなさる方ではないでしょう。なにより、カーイ摂政代行閣下はわたしが女性だとは知らないのですよ。男にプロポーズはないでしょう」

「でも、先ほど何かカーイが、ジェスに言ってたでしょう？」

「あれは、わたしがあなた様を泣かせるようなことがあったら、閣下がわたしの首を叩き切るという脅迫《きょうはく》です」

「………わたくしが、女王陛下だから？」

「いいえ、大事な親友の忘れ形見を泣かせたら、ただではおかんという意味で――、陛下っ？」

馬上でレナはがくりと肩を落とした。もう落馬しないのが不思議なほど凹《へこ》んだ。

「へ、陛下。気をしっかり持って下さい！」

「……結局、カーイにとっての一番は、お父様なんだわ……」

知っていた。

自分の父が七つ、カーイが三つの時、二人は運命的な出逢いをし、その十年後、父は死んだ。

それから、ずっとカーイは喪服《もふく》を着ている。どんな祝いの席でも黒い服しか着ない。

レナの落ち込みようにジェスも黙り込む。と。

「おーい、ジェス！」

突然、ルアードが馬を駆って戻ってきた。

レナが「ジェス」と呼ぶおかげで、カーイやルアード達も彼女のことを最近そう呼ぶようになっている。

「団長が大変なんだ。ちょっと助けてくれ！」

「カーイが？」

ジェスより先にレナが声を掛けると。

「じょ、女王陛下！　どうして」

まさか女王がいるとは思わなかっただろうルアードが、ジェスとレナを見比べ、それからハッと気がついたように慌てて馬から下りて、跪《ひざまず》く。

「ルアード、何があったのですか？」

「とにかく団長が大変なのです。ジェス、ちょっと一緒に来てくれ」

「わたくしも参ります」

レナが言うと、ルアードは一瞬宙を見て、考え込んだ。

「で、では、失礼ながら乗馬技術を必要とする場所を通りますので、陛下はジェスの馬に共に騎乗されることをお勧めします」

「ジェス」

ジェスを振り返ると、彼女は大きく頷いた。

「大丈夫です。領地では急患を医者の元に運ぶことも多いので、二人乗りにはなれてます」

そう言ってジェスは自分の前にレナを横乗りに騎乗させた。

「いったい、カーイに何が？」

「話している暇《ひま》も惜しいんです。すぐに来て下さい」

ルアードは詳《くわ》しい説明もせずに馬にまたがると、飛ぶような速度で森の奥、窪地《くぼち》のようなところまでジェス達を連れ込んだ。

「！」

いきなり何もない所でルアードが馬をジャンプさせたから、何事かと思った瞬間、レナとジェスは馬ごと落とし穴に落ちた。

そこにバサリと輪状の縄《なわ》が降ってくる。あっと思う間もなく、二人の体は縄で身動きが取れなくなる。続けてべっとりとした液体が頭から掛けられた。

「ルアード！」

彫りの浅い顔に、暗い影のようなものが貼り付いているように見えたのは気のせいか。

「静かにしてくれますか。この縄には油をたっぷり染みこませてますし、今、あなた方が被《かぶ》ったのも油です。焼死はつらいと思いますよ」

微笑《ほほえ》んで相手はそんなことを言う。

〈貴族〉の持つ〈魔力〉のほとんどは土地を〈祝福〉し、実りを約束するものだが、極稀《ごくまれ》に火や風を起こす力を持つ者が生まれる。

どうやら、ルアードはそういう特殊能力の持ち主のようだ。

左の指先に青白い炎を躍らせている。

「さあ、こちらに来て下さい。陛下、ジェス」

レナはルアードが何を考えているか、まったく解らなかった。

しかし、こんな場所で焼死するのは御免被《ごめんこうむ》りたかったので、レナは大人しくジェスと胴体を縛《しば》られたままルアードの示す方向に歩いた。

木の陰《かげ》に洞窟《どうくつ》があり、その中に入る。さほど歩かずに、地底湖に辿り着いた。

「焼死より、水死のほうがいいですよね、お二人とも？」

「あの！　ルアード！　わたしはともかく、どうして女王陛下まで水死させようとしているのですか？」

ルアードが王配候補の一人として、今現在最有力候補っぽくなっているジェスが憎《にく》くてジェスを消したいと思ったとしたら、それはレナにも理解できなくもない。

しかし、女王であるレナの殺害を企《くわだ》てるのはジェスでなくても疑問に思う。

「僕も君だけを始末するつもりだったんだけど、陛下に僕の顔を見られてしまったから」

「あの、女王陛下。陛下は何も見ていらっしゃらないですよね！」

と、ジェスはレナに叫ぶように言うと、ルアードに対しては。

「ルアード。わたしは大人しく自分の意志でちゃんと自殺するから、陛下は見逃して下さい」

「ジェス！」

何を言い出すのだと、レナは大きな声をあげた。胴体を括《くく》られて、相手の喉元ばかりが見えて顔がちゃんと見えないのがもどかしい。

「陛下も、ルアードはジェスリー・シラドーを殺害したのではない。ジェスリーは自殺したのだと。そう言って、ルアードの罪を問わないと約束して下さい」

「そんなこと、できるわけないでしょう！　第一、あなたは」

ジェスリン・シラドーじゃないの――と、言いかけてさすがにレナも空気を読んで黙った。

「……うん。女王陛下がそういう態度を取られるなら、やっぱりお二人には死んで貰《もら》うしかないね。だって、こうなったら、陛下は王配に僕を選んでくれないでしょう？」

「当たり前ですわ！」

と言うか、こうなるもならないもなく、レナはルアードを王配にしようと思ったことは一瞬もなかった。

――カーイにとても好意的な騎士団員だから、嫌いと思ったことはなかったけれど。

「この方がいなくなれば、ミルナート王家の直系は絶えるんだぞ！」

そのジェスの言葉に「それがどうした？」と、ルアードはせせら笑った。

「ジェスは女王陛下に恋をしたが、女王陛下は最終的にジェスを選ばなかった。だから、逆上したジェスは女王陛下を殺害し、自分も自殺した。そして、〈王族〉を失ったミルナート王国は、新たな国王を立てることになるだろう」

ルアードはうっとりとした口調で恐ろしいことを口にした。

「……カーイ近衛騎士団長を」

ルアードの発言にレナもジェスも目を瞠《みは》った。

「そんな無茶な……」

「無茶じゃない！　僕の同士はたくさんいる！　団長がどこかの王女を娶《めと》れば、新しい〈王族〉はちゃんと生まれる。ジェス、君が言ったんじゃないか。夫婦の片方が平民でも、子供は〈魔力〉を持って生まれることがあると。その話を聞いた時から、考えていたんだ」

いつぞや確かに王配候補者達とそういう話をしたことを、レナは思い出した。

ジェスの母親は平民だが、ジェス自身は領地を〈祝福〉するにたる〈魔力〉の持ち主だと。

「だが、カーイ摂政代行閣下は、王位など欲しがっていらっしゃらないだろう」

「ああ、そうとも。団長は王位など欲しがるような御方《おかた》ではない。だが、この王国で、誰よりも王位に相応《ふさわ》しい方だ」

——では、カーイに内緒で勝手にクーデターを起こそうとしているの？

普通に考えれば、カーイが首謀者《しゅぼうしゃ》となり、ルアードを使って王位を簒奪《さんだつ》するほうが自然だ。

——でも、もしカーイが王位を狙《ねら》っているのなら、わたくしがもっと幼い時にお母様とわたくしを殺害するほうが簡単だったはず。

そもそも今でさえ、一部の〈貴族〉が眉《まゆ》を顰《ひそ》めようと、カーイはミルナートの国王に等しい権力を持っている。

さらに言えば、彼はレナの王配になれば誰からも批判されずにこの王国を合法的に彼の物にすることができる。

——でも、カーイはわたくしの王配になることを拒否しているし。

何よりカーイにとってこの国はあくまで、親友だったレナの父のものだ。

レナの父が亡くなったあと十六年あまり、今日に至るまで喪服を脱いだことのないカーイが、父を裏切るような真似をするとは思えない。

相手を二度見すれば、ルアードは狂信者としか言えない目をしている。

「女王陛下、あなただって、本当は自分よりカーイ団長のほうが国王に相応しいと解っていらっしゃるでしょう?」

「……」

「僕はあなたの王配になり、平和裏にカーイ団長にミルナート王国を委譲《いじょう》するつもりでいた。でも残念ですが、ここ事に至っては、どうか団長とこの王国のために犠牲《ぎせい》になって下さい」

「ふざけるな、ルアード!」

その瞬間、カーイの声が轟《とどろ》いた。

「何をやってるんだ、お前は？　ラースがこの世界に残したたった一つのものをお前に壊されてたまるか！　やめろ、ルアード！」

息を切らしてカーイが現れた。

森の中に入った彼らをなぜか徒歩で探していたようだ。

「いいえ、団長。団長はラース前国王に囚われすぎです！　こんな小娘より、あなたのほうがよほど国王の座に相応しい。僕が、団長の上に立つものを排除します」

ルアードは左手の上の炎をジェス達を縛る縄に近づける。

縄に燃え移った炎は一瞬でレナ達の体に達し、レナ達の体に掛けられた油を燃料に、激しく燃え上がるだろう。レナとジェスが火だるまになるのは、ほんの一秒後に思えた。

「うわぁあああああああああ！」

レナが目を瞑《つぶ》り、火だるまになるのを覚悟した瞬間、凄《すさ》まじい叫びが洞窟内に響いた。

いつまでも炎の熱さを感じないので、レナが恐る恐る目を開くと、カーイの姿はどこにもなかった。

あるのは黒い毛並みと、金色の瞳をした大きな大きな狼《おおかみ》だけ。

その大きな狼はルアードに飛びかかり、のし倒したようで、地面で後頭部をしたたかに打った彼は、そのまま気を失ったようだ。

黒い狼の黒いシッポは、カーイの背中で一つに括った髪を思い出させた。その金色の瞳も。

「…………ま、まさか…………」

言葉を失うレナとジェスを、黒狼は見据《みす》えたまま、器用にも前肢《まえあし》の爪《つめ》で縄だけ切ってくれる。

「…………レナ、これで解っただろう？」

黒狼は鋭い歯を剝き出しにして、言った。

「狼は……人狼は、王配にはなれない」

⑪

──物心ついた時には、独《ひと》りだった。

〈大洪水〉のあとか前か。

いつの頃からか、世界には人でもあり動物でもある不思議な者達が発生した。

猫の姿になったり、人間の姿になったり。犬の姿になったり、人間の姿になったり。

──狼《おおかみ》の姿になったり、人間の姿になったり。

そういう人達を総じて〈地母神教〉では、〈魔人〉と呼び、人とは相容《あいい》れぬ悪魔として扱《あつか》っている。

カーイは、親の顔を知らない。

親の名前も知らない。

いや自分の名前さえも知らず、カーイ・ヤガミという名前はラースがつけてくれたものだ。

自分が狼の姿にも、人間の姿にもなれることに気付いたのは、ラースに出逢った直後だった。

生まれてから記憶にある一度目の冬を迎える頃には、カーイはもう成獣《せいじゅう》の狼だった。

親兄弟も仲間もなく、森の中で独りで暮らしていた。

年を追うごとに森は貧しくなり、三度目の冬、北風に追われるように南下し続けたカーイは、ミルナート王国の北の離宮を見つけた。


石の建物は人間がいる所で、食べ物もある。だが、危険のほうが大きいから避けろ。

そう他の獣《けもの》達が言っているのを、カーイは小耳に挟《はさ》んだことがあった。


——危険、ハッ！

自分には鋭《するど》い牙と強い爪《つめ》がある。

己《おのれ》の倍ほどの大きな熊を斃《たお》したこともある。

何も恐れることはないと、カーイは狼の姿で人気《ひとけ》のない離宮に入り込んだ。

そして、ベッドの中で飢《う》え死にだか凍《こご》え死《じ》にだかしかけているラースに、出逢ったのだ。

数日前に、彼のことを唯一気に掛けてくれていた乳母《うば》が亡くなって、ラースは完全に遺棄《いき》されていた。

森の中の離宮に勤めていた誰もが己の仕事を放棄し、人里へ降りてしまっていた。

七つの子供だけが真冬の建物の中に取り残されていたのだ。

そうして、食堂に置き忘れられたパンや僅《わず》かな果物《くだもの》を食べ尽くした後、ラースはベッドの中でただ震えて死を待っていたのだ。


〝わぁ……、きれいなオオカミだ〟


食べ物を求めて部屋の中に入ってきた狼のカーイを見て、ラースは嬉しそうに言った。

お腹がすいていたはずのカーイは、その言葉に変な気持ちが起きた。

ぐにゃりと腹の中の何かが曲がったのだ。

ゆっくりと子供に近づく。

〝オオカミさん、さわっていい？〟

カーイが大人しくラースの手に頭をすりつけると、ラースは本当に嬉しそうにカーイの首にしがみついて、〝あたたかいね〟と呟いた。

人間とはほとんど交流がなかったのに、なぜかラースの言っていることはよく解った。

〝オオカミさん、ぼく、おねがいがあるんだ。あのね、ぼくを食べてくれる？　あんまりおいしくないかもしれないけど〟

こんなことを言い出す生き物に初めて出逢って、カーイは心底吃驚《びっくり》した。

〝ぼくね、なんのやくにもたたなくて、生きているいみがない子なんだって。お父さまもお母さまもお兄さまも、ぼくがきらいなんだって。だれもかれもみーんな、ぼくがきらいで、ぼくは死んだほうがいいんだって〟

そう言って、ここにいた大人達は皆、去って行ったのだと、ラースは言った。

〝だから、ぼく、みんなのために死なないといけないの。でもね、ぼく……だれかが、ぼくが生きていてよかったって、思ってほしくて〟

さっきよりも激しく腹の中の何かが曲がった。熱く熱した鉄の塊《かたまり》のようなものが、カーイの腹と言わず胸にも頭にも、四肢《しし》の隅々《すみずみ》に満ちていった。

それは、怒りだったのか、哀《かな》しみだったのか。

なんと名付けるべき感情だったのか、いまだカーイはよく解らない。

〝オオカミさん、ぼくを食べてお腹がいっぱいになったら、きっとうれしいよね？　よろこんで、くれるよね？〟

ぼくが生まれてきたこと、オオカミさんだけは、よろこんでくれるよね？

結局、カーイはラースを食べなかった。

全身に満ちた熱い感情が暴発するように、カーイの体を人間の姿に変えた。

狼だったら充分成獣になれる三年という年月は、人間にとってはまだまだまだまだ幼児にしかなれない時間だったらしい。

ラースの何倍も大きかった狼の体は、ラースの半分にもなりそうにない小さな子供の姿に変わって、カーイは我ながら笑ってしまった。

それでも、カーイは、生来病弱な上、何日もまともなものを食べられず餓え死にかけていたラースよりずっと健康で、目端《めはし》が利《き》いた。

すぐに地下の食料庫から食べられそうな物を見つけ出して、ラースと分け合った。

夜は狼に戻ってラースの横で一緒に眠った。

暖炉《だんろ》にくべる薪《まき》がつきていたので、狼の姿のほうがラースにとって良かったのだ。

ラースは醜《みにく》い顔の痣《あざ》を人に見られることを嫌って、本ばかり読んで過ごした子供だったから、同じ年頃の子供よりずっと物を知っていた。

カーイは狼になれば森で獣を狩《か》ることができたが、それを人間が食べられるよう加工する方法はラースが知っていた。

子供の姿で人里に降りて、狼の時に狩った獣をパンや他の食べ物に換えることを教えてくれたのもラースだ。

そうやって二人で知恵を出し合い助け合い、その厳しい冬を乗り切った。

春になってラースの死体を確認に来た官僚は、離宮で元気にしている二人に仰天《ぎょうてん》した。

国王夫妻は第二王子のラースを実子でありながら〈呪《のろ》われた子〉だと見なし、疎《うと》んでいた。

だから、小うるさかった乳母も死んだことだし、この子も冬の間に死んでしまえば良いと、離宮の者達が職場を離れることを黙認した。

いや、暗に放置するよう国王夫妻は離宮の者達に命じたのだった。

離宮を去る時、多少なりとも料理人などが食材を残していったのは、彼らの僅かな良心だったのだろう。

だが、その食材は子供であろうと、とても一冬越せるほどの量ではなかった。

それなのに、第二王子は、いつからいるのか解らぬ幼子と二人だけで一冬を乗り越えた。

官僚からそう報告を受けた国王夫妻は、放置したはずの王子が生きて冬を越したことを薄気味悪く思い、薄気味悪く思ったからこそ、祟《たた》りを恐れるかのように、定期的に近くの村人に命じて生活物資を送り届けるようになった。

しかし、北の離宮に再び管理人やメイドや料理人が来ることはなかった。

皆が二人の子供を恐れ、離宮に赴《おもむ》くことを嫌がったし、ラースも他人が離宮に入るのを望まなかったからだ。

そうして十年あまりカーイはラースと二人だけで北の離宮で暮らしていた。

だから、カーイが自分が〈魔人〉と呼ばれる忌《い》まわしき生き物だと知ったのは、王都で暮らすようになってからだ。

〝俺、教会が言う〈魔人〉らしいぞ。俺がいると、お前に悪いことが起こるらしい〟

あの日、〈魔人〉のことを知ったカーイが王宮を出て行くと告げたら、ラースは笑って引き留めた。

〝大丈夫。君は〈呪われた者〉なんかじゃないよ〟

そう、ラースは言ったのだ。

〝教会の偉《えら》い人が言ってた？　ああ、気にしなくていいよ、そんなの。彼らは顔に痣があるってだけで、僕にも〈ミルナート王家を滅《ほろ》ぼす呪われた子〉のレッテルを貼ったんだよ。そのくせ、父達が死んだら、僕が父達を呪い殺したなんて愚《おろ》かで非科学的なことは言わずに、僕を国王に迎えたじゃないか。ホント、適当なんだよ〟

ニコニコ笑いながら、ラースは国教のお偉方を一人一人、ハゲだのデブだの拝金主義者だのと軒並《のきな》み腐《くさ》して、それから。

〝あんな連中が君をどう呼ぼうと、君が僕に不幸を呼ぶなんて、絶対にありえないよ〟

と、卑怯《ひきょう》なくらい真剣な顔で言った。

その時、ラースの漆黒《しっこく》の双瞳に、自分の困り顔が映《うつ》っていたのをカーイは覚えている。

〝君は僕が七つの時から、一番頼りになる、一番自慢の、一番大切な、一番大好きな親友だよ。だから、君はずっとずっと……死ぬまで僕の王宮にいてくれなきゃ困るよ〟

そう言って、それから。

〝――ただ、狼の姿にはならないほうがいいかもしれないね。人の中では目立つから〟

そう下手な冗談を言って、ラースはカーイを王宮に留めたのだ――。

⚓

狼姿のカーイと向き合ったジェスは、恐怖で歯をガチガチと鳴らしている。

たとえ目の前の狼が〈魔人〉でなかろうとも、ジェスは怯《おび》え、恐れたんじゃないかと思う。

人間の姿のカーイは普通の男よりも大男だが、狼姿だとさらにでかい。

こんな巨大な狼を前に平気な顔ができるのは、ラースくらいだろう。

――もう潮時だな。

ラースの忘れ形見のレナも十五歳だ。

自分で育てたから自画自賛になるが、レナは本当にどこに出しても恥ずかしくない立派な女王陛下に育ってくれた。

ラースが死んだばかりの頃は、まだまだ海賊《かいぞく》も盗賊も多く、国中が荒れていたが、今は違う。働き者の摂政《せっしょう》代行閣下《かっか》が姿を消しても、そう簡単にこの国は駄目にはならないだろう。

――レナの王配がまともな奴《ヤツ》であることを祈るばかりだが、まあ、レナが選ぶ奴だ。変な男にはならないだろう。

「………レナ、これで解っただろう？」

カーイは鋭い牙をことさら剝き出しにして、言った。

「人狼は……〈魔人〉は、女王陛下の王配にはなれない」

⚓

「まあ、カーイ」

レナは吃驚していた。

これが吃驚せずにいられようか。

黒い髪、金色の瞳、黒い喪服。

レナの大好きな黒衣の摂政代行は、いまは一筋残らず真っ黒な、艶々《つやつや》した毛皮を持つ大きな大きな狼になっていたのだ。

怖いと思うのが当然だろう姿を、しかし、レナは綺麗としか思えなかった。

黒い黒い大きな毛の中、金色の月のような瞳が二つ光っている。

月を一つどころか二つも持っている人なんて、世界中どこにもいないだろう。

「……レナ」

口を開く度《たび》に覗く白い牙は鋭く、よく磨《みが》かれた象牙《ぞうげ》よりも美しい。

レナはまったく恐れもなく、狼となったカーイの首に手をかけ、その毛皮に顔を埋めた。

「こんなモフモフの姿になれるなんて、やっぱりカーイは凄《すご》いのね」

そう言ったら腕の中の毛玉——と言うには大きすぎるが——が揺れた。

⚓

「…………………怖く、ないのか？」

「どうして？　とっても温かいわ、カーイ。きっと冬は重宝するわね」

〝カーイは狼になると、本当にあったかいよね〟

「俺は教会が言う〈魔人〉なんだが、本当に怖くないのか？」

「人を見かけで差別してはいけないって、口酸《くちす》っぱくわたくしに教えたのは、カーイ、あなたでしょう？」

〝今までずっと一緒に暮らしてきたのに、今さら〈貴族〉じゃないからって、カーイが王宮で暮らせないのはおかしいよ〟

〝そういう〈差別〉とは、戦っていこうよ。僕、一生懸命頑張るから、カーイも戦ってくれないかな〟

「――〈魔人〉を恐れないのか」

「もう、しつこいわね。わたくしが恐れるのは、あなたがわたくしの前から消えてしまうことよ、カーイ」

〝ずっと一緒にいた君がいなくなってしまうことのほうが、僕は怖いよ〟


――ああ、まったく。


カーイは小さく吠《ほ》えた。

この娘は誰が何と言おうと、ラースの娘だ。

「ジェス」

なるべく歯を剝き出しにしないように気をつけながら、レナの後ろで青い顔をしている若者を呼んだ。

「王宮の俺の部屋から着替えを一式持ってきてくれ」

「え？」

「裸で王宮に帰るわけにはいかないだろう」

狼に変身した時に、服は全部破れて修復不可能な状態になっている。

このまま人間形に戻れば、真っ裸だ。

それはレナの教育上差し障《さわ》りがあろう。

「は、はい！」

「カーイ、大好き！」

ジェスの返事とレナの声が被《かぶ》った。

12

「……愚息《ぐそく》がとんでもないことをしでかしてしまい、誠《まこと》に申し訳ございません」

あの事件から三日後。

カーイはルアードの父キリガヤ伯爵を、摂政《せっしょう》代行の執務室に招《まね》いた。

伯爵は部屋に入るなり、ずっと平身低頭で平謝りを繰り返している。

「いや、ルアードももう大人だ。息子の不始末の責任を親兄弟にまで負わせるつもりはない。キリガヤ伯爵殿や継嗣《けいし》殿がルアードに荷担《かたん》しているというのならともかく」

「とんでもないことでございます、摂政代行閣下《かっか》。今回の件は、私どもはまったく……」

元々キリガヤ伯爵は、カーイに対して好意的な〈貴族〉の一人だった。

三男とは言え、子息をカーイ直属の近衛騎士団に入れたのも、摂政代行であるカーイと友好的でいたいと思ったからだろう。

「今日、伯爵殿を私の執務室に招いたのは、伯爵領内のことで尋ねたいことがあったからだ」

いつまでも言い訳を述べそうな伯爵の言葉を手で制止し、カーイは質問に入った。

「な、なんでしょうか、閣下?」

「伯爵領では、セレーに対して非友好的な空気があるのだろうか?」

カーイが王宮に戻り、捕まえたルアードを取り調べると、彼の後ろで国内の反セレー組織が暗躍《あんやく》していたことが解った。

母后《ぼこう》陛下やグゥエンダル・バンディィ侯をはじめとする女王陛下の外戚《がいせき》であることを盾《たて》に、横暴なことをしているセレー貴族が国内にいることはカーイも把握《はあく》していた。

だが、彼らへの反感が、レナを女王の座から引きずり下ろそうとするほど過激な集団を育てていたことに気付いていなかった。

「――そう……ですね」

伯爵は重たい口を開く。

「ご存じの通り、キリガヤ領は王国第二の港を持っておりますので、多くのセレー商船が訪れます。また、温暖で風光明媚《ふうこうめいび》な土地ゆえ、セレー貴族の避寒地としても人気があり……、セレー貴族や商人達が他の土地より多く訪れますので、その分、その……軋轢《あつれき》も余所《よそ》よりは多いのではないかと」

「今までそんな報告は受けていないが？」

「……それは」

冷や汗が光る額をハンカチで拭《ぬぐ》い、キリガヤ伯爵は言いにくそうに言葉を紡《つむ》ぐ。

「……女王陛下のご親族や縁の深い方々と上手《うま》く付き合えないのは、我らに至らぬ点が多いからかと、考えまして……」

名門の〈貴族〉にしては伯爵は腰が低い。

大きな商業都市や観光都市を抱《かか》える伯爵領の領主は、良く言えば空気を読むことに長《た》け、悪く言えば人の顔色を窺《うかが》いすぎる癖《くせ》がつくのかもしれない。

「……なるほど。これは私の落ち度だな」

――すまん、ラース。

直属の近衛騎士団員がやらかしただけでも、充分あの世まで行って詫《わ》びを入れるべき案件なのだが。

「閣下？」

怯《おび》えた顔の伯爵に、カーイは椅子から立ち上がって丁寧に頭を下げる。

「すまなかった。セレー貴族や商人のことで私や陛下に訴《うった》えても無駄だと伯爵殿に思わせていたとしたら、私の失態だ」

――ってか、連中の中では、レナを女王の座から引き摺《ひず》り下ろして、代わりに玉座に上《のぼ》るのが俺になってたってことを考えると、そこまで深刻な状態になっていたのを気付かなかった俺が間抜けすぎるな……。

うっかりルアードの計画が成功していた日には、自分は速攻であの世へ行き、ラースとレナに先ほどのキリガヤ伯爵の百倍は謝り倒さねばならなかっただろう。

「これ以上決定的なことが起きる前に、セレー帝国民に対して、私も陛下も特権を与えてなどいないと王国内外に一度知らしめるべきかと思うが、伯爵殿の意見を賜《たまわ》りたい」

カーイが言うと、伯爵も椅子から立ち上がり、すっと背筋を伸ばした。

「閣下の仰《おっしゃ》る通りかと。それから、我が息子は……、息子は極刑《きょっけい》にすべきかと存じます」

声を震わせるキリガヤ伯爵をカーイは薄い色の付いた眼鏡《めがね》越しに凝視《ぎょうし》した。

――レナはラースのたった一人の忘れ形見だ。

その彼女を殺害しようとしたのだ。なんとかケガ一つなく、ことは未遂《みすい》に終わったとは言え、カーイとてルアードに対しては極刑を望んでいる。

——だが。

歴代王家の血を引く女王を引き摺り下ろす。

代わりに元々ミルナート王国民かどうかも解らない摂政代行を国王にする。

——そんな計画、上手くいくわけがない。子供でも解ることだ。誰がそんなどこの馬の骨か解らぬ簒奪者《さんだつしゃ》に従える？　俺が摂政代行として官僚や〈貴族〉、軍を動かせるのは、偏《ひとえ》に俺の後ろに女王陛下がいるからだ。女王陛下の後ろ盾《だて》のない、〈貴族〉でも〈王族〉でもない孤児に国王が務まるわけがない。

しかし、反セレー意識で凝《こ》り固《かた》まった若者達は、女王陛下から摂政代行へ王位を移すことに賛同し、その計画が実現できると信じた。

〝あなたが、母后陛下の取り巻きや他の無能な者達に〈代行〉とバカにされているのが、許せなかったんです！〟

そうルアードや関わった近衛騎士団員達に言われて、カーイは心底呆気《あっけ》に取られた。

だって自分は実際摂政代行だ。代行が代行と呼ばれて、なぜ怒らないといけないのか。

本人は気にしていないことを、周りが気にするとは思いもよらなかったのである。

――ルアードとその仲間達は、自分達を唆《そそのか》した奴が、レナと俺の共倒れを狙《ねら》っているのに気付かなかったんだよな……。


「……ルアードは踊らされただけだ。そもそも私の監督下にあった以上、ルアードが極刑なら私も極刑だ」

「閣下……」

伯爵が息を飲む。

「だが、レナ女王陛下はそれは許さぬと仰る。また、この件は公《おおやけ》にすれば陛下がどう仰ろうと、ルアードを動かしていたのは私ということになるだろう。もちろん私は首謀者《しゅほうしゃ》ではないが、ルアード達を動かした人間は私が首謀者だと必ず噂を流すだろう。そうすれば、ミルナートは私を支持する者と私を批判する者とで大荒れになる――だから」

カーイは一度口を閉じた。

色の付いたガラスの眼鏡を外し、真《ま》っ直《す》ぐに相手を見る。

「この件は内密に処分しようと思う」

「閣下、では」

「ルアードは極刑にはしない。だが、無罪放免とするのも危険だ。伯爵殿か継嗣殿に監視と再教育を任せることは可能だろうか？」

「は、はい、閣下。……私が、私が責任を持って今度こそきちんとミルナート王家に仕える者として育てます……！」

そう言ってキリガヤ伯爵は、また頭を下げる。

「……あ、ありがとう、存じます……閣下。……本当に……ありがとう存じます……」

涙を流しながら頭を下げる伯爵に、カーイは不思議な感慨《かんがい》を持つ。

カーイは親の顔を知らないし、一番の親友だったラースは親に捨てられたも同然だった。

――〈親〉ってのはこういうのが、普通なのかな、本当は。

⚓

気がつけば明日、三ヵ月の王配候補者の試験期間は、終わろうとしていた。

この試験期間中、ルアードはもちろん除外されたが、他の二十三名もレナの心を摑んではくれなかったようだ。

――レナが心を許したのは、シラドー提督《ていとく》の子だけみたいだな……。

王国内から選《え》りすぐりの若者達が二十四人も集《つど》ったのにと、カーイは正直凹《へこ》んだ。

こんなに綺麗に失敗したプロジェクトは摂政代行と呼ばれるようになって、初めてかもしれない。

いったい何がどう悪くて、自分はどこで何を失敗したのか。

「……し、失礼します、摂政代行閣下。ジェスリー・シラドーです」

そこへ「ありったけの勇気を振り絞《しぼ》りました！」な声音で、ジェスがやってきた。

「入れ」

カーイが短く命じると、扉が開き、ガチガチに緊張したジェスが机の前に立つ。

——ああ、こいつ、俺が〈魔人〉だって知ってたっけ。

ちなみにカーイの正体を今現在知っている人間は、レナとジェスだけだ。

ルアードは一瞬でのしたせいか、自分を襲った黒狼とカーイが同一の存在と気付かなかったようだ。あとからルアードを倒したのは、カーイが飼っている黒い猟犬だと話して記憶を無理矢理上書きしたせいもあるが。

「……あ、あの」

「目上に〈あの〉で話しかけない」

例のごとく叱ると、ジェスはビクッと肩を竦《すく》めて。それから改めて、姿勢を正す。

「失礼しました。恐れ入りますが、とても大事なことをお話ししたいので、少しお時間を頂《いただ》いてもよろしいでしょうか」

薄い色のついた眼鏡越しに見上げたジェスの顔は、遠い昔のシラドー提督の顔に似ていた。

「結構。では、人払《ひとばら》いをしよう」

⚓

執務室のソファーに向かい合って座ると、カーイは紙巻き煙草《たばこ》に火を点けた。

「話とは？」

「煙草……嗜《たしな》まれるのですか」

「たまに」

煙草は海軍で覚えた。

教えたのは、そう言えばこの若者の父親だ。

〝喋《しゃべ》りたくない時に咥《くわ》えとくと、喋らない理由になりますよ〟

カーイが平民の分際で国王の親友だからとか、母后陛下から摂政代行職を任ぜられたとかそんな理由で全軍を統括《とうかつ》することになり、軍議の度にああだこうだと議論が紛糾《ふんきゅう》していた頃のことだ。

――シラドー男爵にはマジ、世話になったなぁ……。

ラースが亡くなったあと、なんとかこの王国とレナを守ってこられたのは、数は多くなかったが、シラドー男爵のような大人がいてくれたおかげだ。

──自分ももうすぐ三十か。

狼としては老人もいいところだが、人間としても充分すぎるほど大人な年齢だ。

困っている子供を助けるのは吝《やぶさ》かではないぞと、黙って相手の言葉を待つ。

「……摂政代行閣下」

カーイが紫煙《しえん》をくゆらせながら相手が話し出すのを辛抱《しんぼう》強く待っていると、やっとジェスは口を開いた。

「わたしは……う、うぬぼれでなければ、王配の有力候補として扱《あつか》われていると思うのですが」

──うん。そうだな。

「……確かに君は私が施《ほどこ》した数々の試験で一番優秀な成績を収めているし、女王陛下も君にはずいぶん心を許しているようだ」

とりあえず事実を述べてみた。

「そ、そうかもしれませんが、わたしは王配にはなれません」

カーイは紫煙を吐き出した。

「前に陛下を泣かせることがあったら、ただではおかんという話をしたと思うんだが？」

「わたしが王配になれなくても、陛下が泣くことはありません。な、なぜならば」

「なぜならば？」

「なぜならば、あの……わたしは女なんです！　しかも、このことは陛下も最初からご存じでした！」

「……なるほど、君が女性であることを最初から女王陛下はご存じだったと言うのか、ジェスリン・シラドー？」

「はい！」

頷いた後で、自分の本名をカーイが知っていたことに気付き、ジェスことジェスリンの空色の瞳が大きく大きく見開かれた。

「あの」

「〈あの〉、で目上に」

「申し訳ございません。カーイ摂政代行閣下」

いつもの小言を遮《さえぎ》って、ジェスリンは喰《く》い気味に尋ねてくる。

「閣下は、わたしのことを、ご存じでいらっしゃったのですか？」

カーイは自分でも人が好《よ》くないなと思う笑いを零《こぼ》した。

「今年の新年会で、君のお父さんと飲むことがあってね。お互い子供の育て方に失敗したんじゃないかと、一晩愚痴《ぐち》りあったのさ」

久しぶりに会った海では頼もしさしかなかった提督が、〈娘〉という生き物を育てることの難しさを愚痴るので、負けずにカーイも〈女王〉で〈親友の忘れ形見〉なんて大切なものをどうやったら上手く扱えるのかと相談したのだ。

「君は兄上のことや領地のことがあって男の格好をして過ごしているが、もう二十歳だ。このまま男の格好をさせたまま過ごさせるのもどうかと、君の父上は心配されてね」

「わ、わたしは女の格好が苦手だし、領地を〈祝福〉するのも武術の鍛錬《たんれん》も領地の治安を守るのも好きでやってるわけで、父に心配をかけていたとは」

ジェスリンがとてもショックなことを言われたような顔をするので、カーイは肩を竦《すく》めた。

「うん。そのあたりもお父上は解っておられた。君は女の子の格好や仕事が苦手で、結婚を嫌がっていると」

「そうなんです。だから、別にわたしがこういう格好をして、領地を走り回っているのもぜんぜん苦ではないのです。女性の格好をして刺繍《ししゅう》や料理をしろと言われるほうが苦痛なのです」

「そうは言っても、都会ならともかく、小さな田舎《いなか》町でそういう暮らしを続けるのは無理があるだろう。男装とか女装とか、とかく田舎の信心深い人達は嫌うから」

「……」

カーイが言ったことに心当たりがあるのか、ジェスリンは黙った。

「一方、王都みたいな都会では、大概のことに対して君の故郷よりも寛容《かんよう》だ。だから、君は王都のほうが生きやすいのではと、お父上は考えられた」

「……」

「私は女王陛下に、有能な武人だが気兼ねなくお傍《そば》における同性の側近を欲していてね。父上と私の利害は一致するのではないかということになった」

「同性の側近、ですか……？」

「そう。ただのメイドではいざという時、陛下の身を護《まも》る盾になれない。しかし、近衛騎士団に入れるレベルの女性の武人は、〈地母神教〉の信徒の多いこの王国ではなかなか見つからない。一方、君からすれば、男装していようと独身でいようと、女王陛下の友人で近衛騎士という立派な理由と肩書きがあれば、表立って非難されることは少なくなるだろう」

「わたしを、近衛騎士団に入れて下さるんですか⁉」

海軍も陸軍も女性は基本採用しない。かろうじて調理兵や衛生兵、軍医としての採用があるくらいだ。近衛騎士団ももちろん男性しか騎士の入隊が許されていない。

だから、ジェスリンが驚くのも解る。

「君は、それだけの実力を示したからね」

「……あの、しかし、わたしがいないとシラドー男爵領が」

「近衛騎士団の二番隊長のノトが今、お前の兄貴を鍛《きた》えに行っている。子供の頃は本当に病弱で虚弱《きょじゃく》だったかもしれないが、今は体力がちょっと足らないだけで、健康状態は普通みたいだぞ。これまでは単にできすぎた妹を持ったが故《ゆえ》に、劣等感でサボり癖《ぐせ》がついて、引きこもってただけのようだとノトが報告してきた。奴《ヤツ》に絞られて最近は真面目《まじめ》に領主の仕事を手伝い出したようだ」

カーイの言葉に、ジェスリンの顔が見る見るうちに明るく輝いていく。

「では、わたしはこのまま王宮に留まっても問題がないのでしょうか？」

「実は私の最大の懸念《けねん》は、陛下に君が女性であることをいつ告げたら良いかということだった」

この計画を立てた当初、レナがジェスリンに本気で恋をしそうになったら、種晴らしをしなくてはと考えていたのだ。

——しかし、レナもジェスリンに懐いていそうなわりにそういう雰囲気《ふんいき》には見えなかったし、いつぞやの庭での会話を聞くにもう女の子だとレナも知っていたようだし。

「は、はぁ……」

「最初からちゃんと陛下に真実を告げているとは、悪くない行動力だ」

カーイが褒《ほ》めると、ジェスリンはなぜか大変居心地の悪そうな顔で身じろいだ。

「どうかしたか？」

「い、いえ……あの、あ、いえ、申し訳ございません。……お褒めに与《あずか》り恐縮です……」

どうしてこんなにジェスリンの歯切れが悪かったのか、その理由をカーイが知るのはずっとあとのことである。

⑬

「なんですって？　ジェス、もう一度言ってくださる？」

今晩も隠し扉を通って、レナはジェスの部屋にやってきていた。

こんなに仲良くなったジェスが明日でシラドー男爵家に帰ると思うと、ちょっと……いやかなり淋しかったのだ。

そういうもの悲しい気持ちを持って訪れたのに、いきなり吹っ飛んだ。

「はい。あの、カーイ摂政《せっしょう》代行閣下《かっか》は、わたしが女だって、最初からご存じでした」

なんでもシラドー男爵が、男装で領地のために頑張るジェスの将来を憂《うれ》いて、カーイに相談した結果、王配候補者として王宮に招《まね》かれることになったと言う。

――ぜんぜん意味が解らないんですけどっ！

ただ、言えるのは。

「……では、お母様の押しても駄目なら引いてみろ作戦は……」

「……それは……、まったく意味がなかったみたいですね」

沈痛《ちんつう》な表情でジェスが応《こた》える。

「……で、でも、それならジェスがカーイの花嫁《はなよめ》になる可能性が」

「あの、それもないです。カーイ閣下はわたしが近衛騎士団に入って、女王陛下の友人という地位を確保すれば、生涯男装して独身でいることも可能じゃないかって仰《おっしゃ》ってましたし」

「そ……、う………」

カーイがジェスを花嫁に選ぶことはなさそうだということは朗報かも知れないが、母が提案した作戦の遂行をこの三ヵ月必死に頑張った自分がレナは空《むな》しくなった。

それを慰《なぐさ》めるように、ジェスは明るい声を出す。

「摂政代行閣下は女王陛下に同性の側近を持って欲しかったみたいなんですよ。自分とラース前国王陛下の関係みたいな。でも、いきなり女性を近衛騎士団に入れると言っても反発が大きすぎるだろうから、先にわたしの実力を〈男〉として近衛騎士団員達に見せて納得させておけば、あとから女だと言ってももう拒否はできないだろうって、笑っていらっしゃいました」

――ああ、そういうこと。

〈貴族〉でない、しかもまだ子供と言っていいカーイを王宮の近衛隊――今の近衛騎士団の前身だ――に入れるのに、レナの父親はとても苦労したと聞く。

カーイの実力をもってしても納得させるのにレナの父は、ハンガーストライキまでしたとか。

――わたくしの友人が、そしてわたくしが、苦労しないように、カーイは考えてくれたんですわね……。

そう思うと胸が温かくなる。

「陛下の友人になるには、わたしは、まだまだ人間ができていないかもしれませんが、頑張りますので、どうかこのまま王宮に置いて下さい」

改めてジェスに頭を下げられ、レナは戸惑った。

ジェスは自分より五つも年上で、武術に優《すぐ》れ、頭も容姿も性格も良い。

「……駄目ですか？」

「……いいえ。そうじゃないの。五つも年下のわたくしが、ジェスの友人として相応《ふさわ》しい人間かしらと考えていたの」

「陛下は素晴らしい人ですよ！」

と、ジェスが力説してきた。

「あ、あのね、ジェス。わたくし、あなたに褒《ほ》めて貰《もら》いたくて自分を卑下《ひげ》しているのではなくて、本当にそう思っているのよ」

宮廷では、

『○○様のそのドレス、とても素敵ね。わたくしのドレスは今日のお茶会には相応しくなかったかも』

『まあ、そんな。△△様のドレスのほうがずっと素敵ですわ。今日のようなお茶会にはその色はピッタリですわ』

みたいに自分を褒めさせるために相手を褒め、かつ自分を卑下する話術が流行《はや》っている。

レナはそういう相手から褒め言葉をむしり取るような話術が好きではない。

——本当に可愛いとか素敵とか思ってないのに言うのは、嘘をついているようで気が引けますし。

「本心でないことを無理矢理言わせて、褒めて貰った気分になっても空しいだけですわ」

そうレナが言うと。

「……わたしは今まで男の格好で出歩いていますし、髪もこんな風に短いから、普通に男だと思われてしまいますが、途中で女だとばれることもあるんですよね」

でも、と、ジェスは話を続けた。

「わたしを男だと思っていた人は、わたしの容姿が男前なことや、馬や船を巧《たく》みに操れること、ケンカに強いこと、数学が得意なこと、そういうのをメチャクチャ褒めてくれるのですが、わたしが女の子だと解った途端、手のひらくるりなんですよね」

なんだか泣きそうな顔で、ジェスは上に向けていた手のひらをくるりと下向きに変えた。

まるで手のひらの上にあったものを全部床に落としてしまうかのような動作だ。

「女の子なのにその髪型はどうなのか。その服装はどうなのか、とか」

女の子なんだから、馬や船を操るより、料理や裁縫ができなければ意味がない。

女の子のくせに、ケンカに強くてどうする。数学より、詩や絵画に親しみなさい……。

「だから、陛下が世の中には色んな人がいて当然ですと言って下さった時、わたし、本当に嬉しかったのです。恋愛に興味がないと言った時も、そういう人もいるだろうと肯定《こうてい》して下さいました」

「それは……、それはカーイの教えが良かったからよ」

「そうですね。……閣下の正体には吃驚《びっくり》しましたが、陛下が仰《おっしゃ》るように世の中には色んな人がいて当然ですよね。わたしも、誰かを〈差別〉しないように頑張ります」

「ジェス」

「はい」

呼べばジェスはすぐに返事をしてくれる。

メイドだって侍従《じじゅう》だってそうだが、ジェスは彼らとはちょっと違う。

「あの……じゃあ」

今までだってジェスにはたくさん話してきた。

——カーイのこととかカーイのこととかカーイのこととか。

だから、今さらなのだが。

「ジェスは、カーイが、あのカーイであっても、わたくしがカーイを王配にしようとするの、応援してくれる?」

レナが少し怯《おび》えた口調で問えば、ジェスはにっこり笑った。

「もちろんです、陛下」

猫さんは女王陛下にかまわれたい！

「ジェス、私と結婚してくれないか」

(1)

あの王配候補選抜合宿後、ジェスがミルナート王国の近衛《このえ》騎士団に正式に入団し、王宮で暮らすようになってから約三ヵ月が過ぎた。

そんな彼女が一人、レナの摂政《せっしょう》代行であるカーイから執務室に呼び出されたと聞き、レナは午前中の予定を秘書官に振り替えて貰《もら》って、取り急ぎカーイの執務室の隣部屋に潜《もぐ》り込《こ》んだ。

この部屋はカーイの仮眠室で、執務室の一画を急遽《きゅうきょ》改造して作った部屋なせいか、壁が薄い。

盗み聞きにはもってこいの部屋なのだ。

「ジェス、私と結婚してくれないか」

「！」

カーイのその発言にレナは声をあげそうになって、寸前で口を両手で塞《ふさ》いだ。

——カ、カーイが、ジェスにプロポーズを!?

この三ヵ月、二人がそんなに距離を詰めていたとは、迂闊《うかつ》にもレナはまったく知らなかった。

もちろんジェスはカーイが団長を務める近衛騎士団の団員だからして、レナが同席していない場所であれやこれやそれやこれや、何がしかの出来事が生じていたとしてもおかしくはない。

――でも、そんなことになっていたのなら、ジェスもわたくしに一言言ってくれれば……。

親友だと思っていたのにと、レナは肩を落とした。

こんな大切なことを言ってくれなかったとは、大ショックだ。

――ああ、でも、ジェスが言いにくいのは解るわ。今までわたくしや周囲に恋愛にはまったく興味がないですって公言していたし。それに、わたくしがカーイのことを大！　大!!　大好き!!!　なことを、ジェスは百も承知しているんですもの。

今現在十五歳のレナにとって最大の夢は、カーイの花嫁《はなよめ》になることだ。

と言っても、女王であるレナは花嫁にはなれないそうなので、カーイを王配に迎えることと言うべきかもしれないが、とにかく物心ついた時にはそう決めていた。

ジェスにもその夢を話したことがある。だから、彼女はカーイが正式に求婚するまでは、レナに気を遣《つか》ってあえて知らせなかったのかもしれない。

――今までずっと恋愛に興味がないです、摂政代行閣下《かっか》にも恋愛的な意味ではまったく興味がないですと言ってたのに、実はカーイと恋に落ちていましたなんて言いづらいわよね。真面目《まじめ》なジェスのことだもの、わたくしを騙《だま》したようだと思ったのかもしれないわ。

しかし、恋というのは理性ではどうにもならないことをレナは知っている。

――わたくし、ジェスに騙されたなんて絶対に思わないわ。それから、わたくしはカーイがジェスを選んだからって、彼女のことを逆恨《さかうら》みするような意地の悪い人間にはならないようにしないといけないわね。

レナは大昔、カーイと約束した。カーイの一番大切な親友だった父に負けないくらい素晴らしい君主、〈立派な女王〉になると。

その約束は、レナにとって何があろうと絶対に守らなければいけないものだ。

親友が、己《おのれ》の片思いの相手であるカーイの花嫁になったとしても、彼女に今までと変わらぬ友情を示すのが〈立派な女王〉たるものだと思う。

……さて。

今現在〈立派な女王〉ならば絶対にやりそうにない盗み聞き中のレナは、その点についてはは棚上《たなあ》げして、そっと……そっと音を立てないよう注意深く引き戸の扉を半センチほど動かし、その隙間から執務室の中をのぞき見した。

良いあんばいにカーイの背中とその向こうに困惑しきった顔のジェスが見えた。

——……あら？

ジェスの美少年風に整った面立ちにはいつもの爽《さわ》やかな笑顔がなく、真っ青になっている。

その様子ときたら、とても恋人に求婚された直後の幸せな令嬢のものには見えない。

「…………………………あ、の」

その声も喉からようよう出たと言わんばかりに掠《かす》れきっている。

「あの？」

レナからは背中しか見えなかったが、その声のトーンだけでカーイの浮かべている表情はありありと想像できた。

だてに十五年も片思いをしていない。

ただでさえ輝く金色の瞳が、薄い色ガラスの眼鏡越《めがねご》しにキラリと光っていたに違いないのだ。

目が悪いわけでもないのに、カーイが文官仕事の時に色の付いた眼鏡をかけているのは、対軍人でも恐れ戦《おのの》き、怯《ひる》むような強烈すぎる眼力を少しでも和《やわ》らげるためなのだ。

――せっかく綺麗な金色の瞳なのに。

そうレナは思うが、レナ以外のたいていの人間はカーイの一睨《ひとにら》みで心の底から怯んでしまう。

だから、カーイが色つき眼鏡をかけるのもしょうがないことかもしれない。

「いえ、失礼しました。申し訳ございません。カーイ・ヤガミ摂政代行閣下」

カツンと靴《くつ》の踵《かかと》を鳴らして、ジェスが姿勢を正す。

顔も良いし頭も良いし性格も良い。

そんなジェスだが、彼女にはついつい、話し始めに「あの」をつけてしまう癖《くせ》がある。

だが、職場においてそういう子供っぽい話し方をカーイは嫌う。

――カーイが嫌うと言うより、他の官僚達が、ですけど。

孤児のカーイは三つの時から、当時放置されたに等しい扱《あつか》いを受けていたレナの父ラース前国王と二人だけで北の離宮で育った。

幼少期に曲がりなりにも王子としての躾《しつ》けを受けた父はともかく、父の代わりに村人と交わっていたカーイは王宮に住むようになった当初、平民と変わらぬ言動をしていたらしい。

レナが幼い頃はまだその頃の名残《なごり》があって、カーイは四角張った話し方ではなく気さくで、レナにも全開の笑みを向けてくれた。

ただ、そういう感情丸出しの言動や仕草の粗野さを、〈貴族〉達に糾弾《きゅうだん》されたそうだ。

――わたくしは〈貴族〉みたいな振る舞いをしないカーイのほうが好きだけれど。

十代の平民の少年が摂政代行として国のトップにいるなど、本来ありえない。

〝ただでさえありえない状況なのに、その摂政代行が礼儀作法を知らない、ただの悪ガキだったら、外国からも国民からもレナが侮《あなど》られる。そんなの許せねぇからな〟

そう笑って、カーイは〈貴族〉らしい礼儀作法や官僚らしい言葉遣いを身に付けていった。

レナに対しても年の離れた妹か娘のように接していたのに、気がついたらキッチリ女王陛下と摂政代行閣下というお互いの立場に相応《ふさわ》しい態度や距離のある話し方をするようになった。

今ではもう誰も、表立ってはカーイのことを野卑《やひ》で粗野な平民の孤児扱《あつか》いしない。

レナの母が押しつけた摂政代行という職位にも、レナが彼に与えた公爵という爵位にも、彼は憎《にく》らしいほど相応しい立ち居振る舞いをする。

一方、ジェスは田舎《いなか》の小さな男爵家の令嬢で、跡取りではない。しかも、母親は平民だ。

おまけに女性らしさ皆無で、男装して近衛騎士団に入団するような、〈地母神教〉の教母達が目くじらを立てる存在だ。

高位の〈貴族〉や教父、教母達が出入りする王宮では、ともすれば軽んじられかねない。

女王たるレナの公に認められた親友だったとしても。

――だから、カーイはジェスの行儀作法や言葉遣いに厳《きび》しいのよね。

自分が国王の一の親友として王宮にやってきた時の苦労を、恩人の娘であるジェスにはできるだけ味わって欲しくないと思っているようだ。

だからこそ、あえて細かくチェックする。

そのあたりはジェスもちゃんと理解しているようで、特にカーイに反発した様子もなく。

「あ、……恐れ入りますが」

再び口にしかけた口癖《くちぐせ》を飲み込んで、ジェスはことさら丁寧な物言いで尋ねた。

「今一度、仰《おっしゃ》って下さいますか。どうも聞き間違えたような気がします」

ような気がするではなく、どうか聞き間違いであって欲しい。

そんな心の声がダダ漏れている声と表情だ。

――まあ！

レナはジェスの反応に吃驚《びっくり》した。

カーイに求婚されて、何をそんなに困惑することがあるのか。

レナにはまったくぜんぜんこれっぽっちも、そう、海岸の砂の一粒分ほども解らなかった。

――……もしかして、わたくしに気を遣っているのかしら？

ならば、今この場で自分はジェスに「わたくしのことは気にしないで」と言うべきだろうか。

――でも、わたくし、二人を見てちゃんとそう言えるかしら……？

レナはほとんど物心ついた頃から、カーイと結ばれることを願い、夢見てきたのだ。

カーイとジェスの幸せのためには、自分は夢を諦《あきら》め、二人を祝福すべきだと解っているが。

レナが逡巡《しゅんじゅん》していると。

「ジェス、私と、結婚、してくれないか」

引き戸の向こうでジェスはカーイから、ご丁寧にも文節ごとに区切って、聞き間違いようのない言い方でプロポーズをし直された。

すると、レナには信じられないことにジェスは今にも膝から崩れ落ちそうになり、なんとか途中で体勢を立て直した。改めてジェスの顔を見れば、気絶寸前と言うか、顔面蒼白という言葉の見本みたいな表情をしている。

いくらレナに気を遣っていても、これは気の遣いすぎだ。

――やっぱり、わたくし、ジェスに気にしなくていいのよって言ってあげなくては！

そうレナが決意した瞬間。

「……不満か？」

カーイがジェスの様子に、溜息交じりにそんな質問をした。

その声は、美声としか言いようがない。

元々は〈貴族〉でも〈王族〉でもない、親が誰かも解らぬ孤児なのに、ミルナート王国の実質ナンバー一の地位に上り詰めたのも解るくらい有能なレナの摂政代行閣下は、顔も良いが、声も無駄なくらいいいのだ。

「文官としても武官としても、そして上官としても非の打ち所がない完璧《かんぺき》様なのに、さらに王国一の歌手や俳優以上に顔や声が良いなんて無敵すぎじゃね？」と、近衛騎士団の一人が言っていたのを、レナは小耳に挟《はさ》んだことがある。

レナとしても全面的に同意である。

たぶんジェスが普通の乙女心《おとめごころ》を持った女の子ならば、この憂鬱《ゆううつ》そうな一声だけで、他の諸問題をチャラにして簡単に陥落《かんらく》したと思う。

「気持ちは解らなくもない。ただでさえ、こういうことが得意でない君には、災難な申し出だと思う。陛下のことを思えば、君としては断りたいところだと思う。それに何より私は――」

「いえ、あの！　いえ！」

勢いよく否定したものの、また例の口癖が出て、ジェスはあわあわしている。

「も、問題は、ソコではございません！　閣下自身に不満があるわけではないのです！」

ジェスがそう言ったので、遅ればせながらレナはカーイが〈魔人〉なことを思い出した。

数百年前とも数千年前とも言われる〈大洪水〉のあと、この世界は姿を一変させた。

その影響なのか解らないが、土地は定期的に〈魔力〉を持った〈王族〉や〈貴族〉に〈祝福〉されることを必要とするようになったし、鳥獣《ちょうじゅう》の姿になることができる者達が生まれた。

鳥獣に姿を変えることができる者を、〈地母神教〉では呪《のろ》われた存在である〈魔人〉と呼ぶ。

レナの大好きなカーイは、実は巨大な狼《おおかみ》に姿を変えることができるその〈魔人〉なのだ。

普通に〈地母神教〉の信者であるジェスが躊躇《ためら》う理由を、彼はそこにあると思ったようだが、彼女は勢いよく否定した。

確かに本来、カーイ・ヤガミ摂政代行閣下から求婚されたからと言って、こう言ってはなんだが田舎の男爵令嬢に過ぎないジェスの立場では不満を述べたり、拒否したりするなどとんでもないことである。

彼はまだ成人年齢に達しない女王レナの摂政である母アリアの代行として、この王国を統《す》べている。

幼い女王と勝手の解らぬ外国人の母后《ぼこう》を手玉に取り、国政を好きに操っていると批判する貴族や官僚達がいないこともない。

だが、実際摂政代行閣下の政治は善政としか言えない。

その証拠に彼が摂政代行の職をレナの母から押しつけられた頃、世界の最貧国の一つだったミルナート王国が、今では世界でも有数の豊かな国となっているくらいだ。

そんなわけで彼は女王陛下、母后陛下の信頼も厚く、それ故《ゆえ》、元は平民で〈貴族〉としての

〈魔力〉は持っていない――実際はどうだろうかと、レナは疑問に思っている――ながら、公爵の爵位を得ている。臣下《しんか》としては最高位だ。

容姿は前述の通り誰が見ても男前としか言えないし、能吏《のうり》でありかつ勇猛果敢《かかん》な武人で、軍功をいくつも立てている。

生まれつき顔に醜《みにく》い痣《あざ》があったことを理由に両親に打ち捨てられた第二王子のただ一人の親友として、彼を支え続け、王子が国王に即位後も自身の武勇をもって彼の短かった治世を助け、彼が夭折《ようせつ》したあとは、その遺児《いじ》を女王陛下として守り立てた。

その義の厚さ、情の深さは並大抵のものではない。

――でも〈魔人〉が夫というのは、普通の〈地母神教〉の信者なら躊躇うものかしら？

レナは女王だから、当然国教である〈地母神教〉の信者だ。

〈地母神教〉では〈魔人〉は呪われた存在で、不吉な者とされている。

――でも、カーイが呪われた存在なわけないし！

レナの中で、それは確固たる真実で、揺るぎようのない事実で、疑う余地はまったくない。

それに真っ黒な狼姿のカーイは凄《すご》く綺麗な毛並みで、柔らかくて温かかった。

大きな金色の瞳は月のようで、本当に綺麗だった。

――人間姿のカーイも狼姿のカーイもわたくし、大！　大!!　大!!!　好きだわ。

けれども、ジェスには問題なのだろうか……。

「そこが問題なのではございません」

レナの心の声が聞こえたかのように、重ねてジェスは否定する。

「では？」

——では、やはりわたくしのことが問題なのかしら？

「……お、恐れ入りますが、なにゆえにそのようなことを？」

「地母神教徒にとっては、問題だろう？」

「その点ではなくて！　あの、なぜ、突然、わ、わたしに、きゅ、求婚？　を…………、あ」

言いながらジェスは唐突に何かに気がついたように、言葉を止めた。

「何か政治的な問題が」

——政治的？

ジェスの質問をカーイが手を挙げて止めた。

「女王陛下！」

「はい！」

——あ。

呼ばれて反射的にレナは返事をしてしまった。

「執務を放り出して、盗み聞きとは感心できません」

瞬間移動でもしたのかという素早さで引き戸を開けたカーイは、レナを見下ろし例の四角張った官僚モードで言う。

「放り出してはいないわ。今日の自由時間を午前中に振り直しただけですもの。ウノ秘書官に確かめてくれたってよくってよ」

盗み聞きをしていた後ろめたさはあったが、執務を放り出したと思われたくなくて、レナは強い口調で言い返した。

――女王の仕事をサボってたわけじゃないもの！

そこをレナは強く訴《うった》えたい。〈立派な女王〉として仕事をサボったりしていないと。

――まあ、〈立派な女王〉は盗み聞きなどしないかもしれないけれど……。

そう思っているレナに、カーイは横を向いてわざとらしく溜息を零《こぼ》して駄目押しした。

「――〈立派な女王陛下〉は、部下の会話を盗み聞きなどしません」

それはそうだけれど！　――と、レナは心の中で叫んだ。

でも、カーイがジェスを呼び出したと聞いたら、彼に恋する、そしてジェスの親友を自負する自分としては気になって気になって仕事にならないのもしょうがないことを解って欲しい。

「そ、そんなことを言うなら、執務中にプライベートなことで部下を呼び出すのは、立派な摂政代行閣下のやることかしら？」

反射的にレナは憎《にく》まれ口《ごち》を叩いてしまった。

口にした端から後悔しまくったが、覆水盆《ふくすいぼん》に返らず、である。

「――仰る通りです、陛下」

無表情な顔でカーイは頷き、それから頭を下げた。

「私の失態です。それはそれとして、陛下も職務にお戻り下さい」

こう言われては、レナとしては後ろ髪を引かれつつも退散する他なかった。

2

カーイは背中に目があるんじゃないかと敵に言われるくらい、人の視線や気配に敏感だ。

なのでレナが仮眠室で盗み聞きしているのは最初から解っていたが、あとの説明の手間が省けると、最初は放置していた。

だが、ことの裏にジェスが触れようとした時、この流れで求婚理由がバレるのはどうかと思い、レナには退散して貰《もら》った。

さて、と、改めてジェスに向き合うと、先ほどから怯《おび》えきった顔のままだ。

――まあ、獣《けもの》だしな、俺。

この世に生まれ落ちてからの最初の三年ほどの間、カーイは狼《おおかみ》として生きてきた。

レナの父親に出逢って、自分が人間になれることを知ったが、その後も一日の半分は狼の姿をしていた。

十七年前、王宮に来て以来、ずっと人間の姿をしているが、やはり自分の本質は〈人間〉ではなくて〈狼〉なんだと思う。

今回、必要に迫《せま》られてジェスに結婚を申し込んでみたが、相手はすっかり取り乱している。

騎士団長と騎士団員として、それなりに良好な関係を築いていたと思っていたのに、ここまで激しい拒絶反応をされるとはと、正直なところ少々ショックだった。

だが、落ち着いて考えれば、自分は〈人間〉ではない。

ジェスが引くのも解ろうというものだ。カーイだって、どんなに可愛《かわい》がっていようと王宮に飼われている猫や鳥に求婚されたら、ドン引きすると思う。


結局、自分は〈人間〉に擬態《ぎたい》した〈獣〉なのだ。


その事実を改めて噛《か》み締《し》める。

〈人間〉を幸せにするのは〈獣〉の自分ではできない。

十六年前、一番大事な親友を守りきれずに亡くした時、カーイは思い知ったのだ。

自分には〈人間〉を幸せにはできないと。

――しかし、俺と便宜的《べんぎてき》な結婚をしてくれる都合のいい相手って、ジェスしかいなかったんだよなぁ……。

今まで付き合った彼女達は、皆、平民だ。

レナが成人し、自分が摂政《せっしょう》代行閣下《かっか》の座を降りたあとなら、平民の娘と結婚しようがレナの女王としての権威《けんい》を傷つけないだろうが、摂政代行の職位にある間はまずい。

――と言って、有力貴族の娘を娶《めと》れば、ルアードみたいなバカが調子づいて、レナを女王の座から引き摺《ひず》り下ろして俺を国王にしようとか言い出しかねんし。

レナの母アリアは北大陸最大の帝国セレーの皇女だ。

摂政であるアリアの権威を笠《かさ》に着て、ここ何年も無茶振りをするセレー貴族に辟易《へきえき》していた一部の国民が反セレー派になっていて、レナを女王と仰《あお》ぐことにすら疑問を持ち始めている。

元々、レナが結婚式の翌日に亡くなった前国王の本当の遺児なのか、疑問に思っている者達は少なくない数いるのだ………。

「閣下、政治的な要因とはいったいどういうことでしょうか？」

カーイが考え込んでいると、意を決したような顔でジェスが尋ねてきた。

カーイは思わず薄い色の入った眼鏡《めがね》のガラス越しに、金色の瞳を和《なご》ませた。

話の飲み込みの早い人間は好きだ。

「実は、来月、西方諸島一の大国ナナンから第十二王子のデヴィ殿下が我が国にやってくる」

「陛下の王配候補としてですか？」

「そうだ。前回は国内の人間ばかりだったから、陛下が失礼な言動を取ってもなんとかなったが、今度は違う。特に第十二王子はナナン国王の秘蔵っ子だ」

多夫多妻制――男女問わず〈家長〉になった者の納税額に応じて娶れる配偶者の数が変わるというなんとも凄《すご》い制度だ。ちなみにミルナートをはじめ多くの国は一夫一妻制である――のナナンにおいて、国王も五人の王妃を持ち、王子王女はなんと二十三人もいると言う。

その末っ子と言うことで第十二王子デヴィ殿下は、父王のみならず兄王子達、姉王女達からも溺愛《できあい》されているのだとか。

さらに国王一家随一《ずいいち》の美形とあってナナン国民からの人気も絶大なのだそうだ。

「我が国としては外国人を王配に迎えるのは、あまり望ましいことではない。だが、君も知っての通り、国内での王配選定で先日、我々は見事に失敗した」

「はい」

国内から選《え》りすぐり集めた二十五人の青年達――正確にはそのうちの一人ジェスは女性だったが――は、女王であるレナどころか、摂政代行であるカーイにも合格点を貰えなかった。

――ったく、ジェスが本当の男だったら話は簡単だったんだがなぁ……。

ジェスは色々な意味で王配候補として完璧《かんぺき》だ。

性格も頭も容姿も家柄《いえがら》も武術の腕前も、どこをとってもケチのつけどころがない。

――ただ、女なんだよなぁ……。

ちなみにジェスの双子《ふたご》の兄は、その容姿以外はかなり残念な部類の人間だと部下から報告を貰っていて、カーイは王配候補リストからその名前を消している。

それはともかく、ミルナート女王が国内の王配候補者達から王配を選ばなかったというニュースは、すぐに世界各国に届けられた。

爾来《じらい》、今まで「王配は同国人を選びます」と断っていた諸外国からの縁談が、陛下の元に山ときている。

その中で、これならばとカーイが選んだのがナナン王国の王子だった。

「――ナナンの第十二王子ですか……」

ジェスは少し考え込むような顔をした。

「わたしは各国の王族事情に詳《くわ》しくありませんが、母后《ぼこう》陛下が北大陸の雄《ゆう》であるセレー帝国の皇女殿下で、前王陛下の母君が南大陸の大国ウナクスの王女殿下であることを考えれば、西方諸島の国の王子殿下というのは悪くない選択なのかもしれないですね。もちろん、レナ女王陛下のお気持ちが最優先ですが」

こいつ、外交のセンスも悪くないんだよなぁ……――と、カーイはつくづく地母神の性格の悪さ（？）を嘆《なげ》きつつ、頷いた。

「そう。我が国としては悪くないカードだ。そして、陛下がうっかり失礼なことを仰《おっしゃ》ると、重大な外交問題に発展する取り扱《あつか》い要注意なカードでもある」

〈大洪水〉で一変した世界は、南北二つの大陸と、東西両諸島と呼ばれる四つの地域に大きく分かれる。

ミルナート王国は、南北両大陸に挟《はさ》まれたイホン海峡《かいきょう》の沿岸に位置する国だ。

イホン海峡は南北両大陸と東西両諸島を繋《つな》ぐ要衝《ようしょう》であるため、ミルナートは世界最大の中継貿易国として栄えていた。

もちろん地球は丸いから、東西両諸島は、イホン海峡を通らずトメイン大洋を横切って交易することも可能だ。

しかし、途中にほぼ島のない大洋を横切るより、イホン海峡を使ったほうが安全だし、南北両大陸の国との交易もたやすい。

世界各国の物がミルナートの港に溢《あふ》れていて、今やこの王国で手に入らない商品はないとまで言われているのだ。

とは言え、ナナン国王がその気になれば、トメイン大洋経由の航路に商船や客船を集めることもできよう。

西方諸島の雄であるナナンがそんな方針を採れば、他の西方諸島の国々も従わざるをえない。

ミルナート王国としては大きな損失だ。

そんな世界情勢に思いを巡《めぐ》らし、ジェスもカーイの意図を理解してくれたようだ。

「……だからと言って、わたしと結婚しなくてもよろしいのではないでしょうか」

「確かに少々……いや、かなり乱暴な手だと思う」

彼女自身には落ち度が一つもない巻き込み事故もいいところだと思う。思うが。

「だが、色々考えてみたのだが、私にはこれが一番の案だと思ったのだ。今回、他の手で難を逃れても、結局私が独身である限り、問題が残る」

「それはそうかもしれませんが、この手段が本当に一番良い手段でしょうか？」

「——今から約一年半後」

今から一年半後、レナは十七歳の誕生日を迎える。

ミルナートでは十七歳が成人年齢だ。

「私は摂政代行の役目を解かれる。そうなれば、陛下を支える人間がいなくなってしまう。だから、陛下にはぜひともそれまでに国政に貢献《こうけん》できるしっかりとした若者を王配に迎えて頂《いただ》かなければならない」

ジェスもその意見には納得できたようで、無言で頷いた。

「それに、ミルナート王国の〈王族〉は彼女一人だ。しかし、陛下は君も知っている通り、なぜか私に固執《こしつ》されている。この状態が続けば、この国の王統が途絶えてしまう。それは絶対に避けなくてはならない」

「あの」

また口癖が出て、カーイが睨《にら》みつける前にジェスは姿勢を正した。

「申し訳ございません、閣下。閣下が陛下の王配にな」

「‼」

ほとんど脊髄《せきずい》反射な速さでカーイは執務机を両拳《りょうこぶし》で叩いて、最後までジェスにその台詞《セリフ》を言わせなかった。

「こんな得体の知れない男を、レナの、我がミルナート王国の女王陛下の王配に迎えるなど、許されるわけがないだろう‼」

王宮中に響くようなドデカい声に、ジェスは反射的にぎゅっと目を瞑《つぶ》ってしまった。

だがこわごわとその瞼《まぶた》を持ち上げ、それから。

「ゆ、許されるわけがないとは……」

まだ、反論できるあたりジェスは根性がある。

まったくなぜ、彼女は男に生まれてくれなかったのか。つくづく腹立たしい。

「たとえミルナート王国民の誰が許そうが、俺が許さん！」

感情の箍《たが》が外れてしまい、官僚モードから言葉遣《づか》いが素《す》に変わっていたが、気にせずカーイは続けた。

「お前さぁ、考えてもみろよ。自分の一番の親友が、この世に遺《のこ》したたった一人の忘れ形見が、氏素性《うじすじょう》も解らないどこの馬の骨だが解らん怪しい男、しかも十四も年上のだ、そんな男と結婚すると言い出した時、はいそうですかと笑って許せる男がいるか？　いるわけねぇだろうがっ‼」

バンッ！　と、再び両拳で机を叩き、自分で自分の言葉にカーイは頷いた。

レナの王配にこんなに相応《ふさわ》しくない者がいようか。

「しかも、レナはこの国の女王だ。女王の王配には、その身分に相応しい人格と品性と知性と容貌《ようぼう》と……〈魔力〉が必要だ。王配ってやつは、いざとなれば、レナの代わりを務めなければならない。真っ当《まとう》な〈貴族〉や〈王族〉でなければならないのは、子供でも解ることだ」

言ったあとでレナを呼び捨てたことに気づいたが、ジェスは気にすまいとカーイは流した。

「――陛下の王配に対して、注文が多くないですか、閣下……？」

「何を言う。これでも最低限のことしか言っていないぞ。俺が考えている陛下の王配に対する注文を全部語ったら、日が暮れるどころか、年が明ける」

付けたい注文は山とあるのだ。

レナの王配として相手に望むことを語れと言われたら、カーイは一晩どころか何ヵ月でも語れる自信がある。

――それは当然だろ。一番の親友のたった一人の忘れ形見を任せる男だぞ。千でも万でも注文を付けたくなるのが普通だろうが。

そう言うと相手はなんだか笑いを嚙み殺したような、真面目《まじめ》な顔を取り繕《とつくろ》った。なんなのだ。いったい？

「……だからと言って、閣下がわたしと結婚しなくても」

「では、ジェスリン・シラドー。他に何か良い代案があるか？」

「——だ、代案……？」

目を白黒させて左右に視線を動かした挙げ句、ジェスの出した代案は。

「せ、摂政代行閣下がご結婚されるならば、わたしよりもっと相応しい方がいらっしゃるかと」

という、ろくでもないものだった。

——ジェスのことだから、もう少し画期的な案を出してくれるかと期待していた俺がバカだったのか。

「いない」

「独身の適齢期《てきれいき》の〈貴族〉令嬢はたくさんいらっしゃるかと」

そう言って、ボソボソとジェスが語るには。

王宮で暮らすようになって陛下のご友人の伯爵令嬢やら侯爵令嬢やらとジェスは知己《ちき》を得た。華《はな》やかで育ちの良い彼女達は一様に、摂政代行閣下に好意的だった。

女王陛下の想い人であることが知れ渡っているから、陛下の前ではそのようなことはおくびにも出さなかったが、あけすけに言えば、カーイ・ヤガミ公爵夫人の座を狙《ねら》っているご令嬢方は、ジェスが知るだけでも両手では足りぬほどの数いるそうだ。

摂政代行閣下がどうしても女王陛下以外の女性と結婚したいと言うのならば、彼女達から選べばいいとジェスは言うのだ。

「……君の言う通り、王宮に集《つど》う〈貴族〉の令嬢達の間では、女王陛下が私に執心していることが知れ渡っている」

カーイの言葉に、ジェスは訝《いぶか》しげに首を傾《かし》げた。

ジェスは頭は良いが、田舎で育った分、宮廷人の考え方にはまだ慣れきっていないところがあると、今さらながらカーイは思った。

「私が女王陛下を差し置いて他の令嬢と結婚すれば、その令嬢が女王陛下より素晴らしい女性なのだと、当人や周囲が勘違いする恐れが高い」

「あ……」

〈貴族〉の令嬢に限ったことではないのかもしれないが、派閥《はばつ》争いや仲間の中で格付けを好む女性は多い。いわゆるマウンティングというやつだ。

「この国で女王陛下より高位の女性はいるわけがないのに、私を夫にすれば自分の地位が上がると思う女性を妻にするわけにはいかない。――君ならそういう勘違いはしないだろう？」

「それは、そうですが」

「また、私を娘婿《むすめむこ》や縁族にすることで、私を国王に担《かつ》ぎだそうとするルアードのようなバカが出ないとも限らん。この点で有力貴族の娘は全て却下《きゃっか》だ」

ちなみにシラドー男爵家は家柄は古いが、有力貴族と呼ぶにはほど遠い。

「君が恋愛に興味がないことも、私に恋愛的な意味で好意を持っていないことも承知している。

飾らずに言えば、私も君に恋愛的な意味で好意は持っていない。優秀な部下で、女王陛下の親友として得がたい存在であることは認めているがね」

「閣下にそう言って頂けるとは、光栄の極みです」

今日、初めてジェスは笑顔を見せた。

正直ジェスもこのカーイから恋愛的に好意を持っていると言われるより、〈優秀な部下〉とか〈女王陛下の親友として得がたい存在である〉と認められるほうが、百万倍嬉しいようだ。

〈魔人〉だからと嫌われているわけではないと知って、少しホッとしながらカーイは続けた。

「故《ゆえ》に、書類上のみの結婚だ。私は君に公爵夫人としての立ち居振る舞いを求めないし、実質的な結婚も求めない。この結婚のメリットをプレゼンさせて貰うと、まず、君は騎士団で私というより強固な後ろ盾《だて》を得る」

カーイのこの発言はジェスの気に障《さわ》ったようで、笑顔が忽《たちま》ち消えた。

「わたしは……実力で出世したいです」

「そういう綺麗事は、平和時の軍隊ではなかなか通らん。だいたい百人の人間がいて一人の位をあげようと思った時、飛び抜けた一人なんて滅多《めった》にいない。百人中、十人くらいデキの良い奴がいて、その十人の中で誰か一人だけを選ぶとなれば、コネのある奴のほうが有利に運ぶのはしょうがないことだ。コネがなくて常にふるい落とされる側になりたくなければ、コネを作るか、誰が見ても飛び抜けた実力を見せなければならない。だが、平和時の軍隊ではそれは無理だ。飛び抜けた実力を見せる戦場がない」

かみ砕《くだ》いて説明すると、軍に巣喰う悪弊《あくへい》がとか糾弾《きゅうだん》するのも微妙な状況なのがよく解ったようで、ジェスは口を閉ざした。

カーイも現状がいいとは思ってはいないが、これは必要悪というやつだと思っている。

「それ以外のメリットとして、〈地母神教〉の教母や教父から結婚していないことについての説教をされることはなくなるし、親戚《しんせき》から縁談を持ち込まれ、断るのに四苦八苦することもなくなる。君の両親は私に好意的だから、この婚姻《こんいん》を喜び、君が普通の娘らしく花嫁に収まったことに安堵《あんど》するだろう。また、私にはこの国の〈貴族〉平均を上回る収入があるが、その四分の三を妻としての報酬《ほうしゅう》として支払おう。そうなれば君は、シラドー男爵家の領民により豊かな暮らしを約束できるだろう。それから、陛下が無事王配を迎えることができれば、多大な慰《い》謝料《しゃりょう》を払って離婚することにも応じる。君のデメリットは、君が万が一運命の恋人に出逢うことがあった場合のみ生じると思うが、その時は私は女王陛下が王配を迎えていなくても、離婚を速やかに行うことを誓《ちか》う。法的に有効な誓約書《せいやくしょ》も書く」

完璧なプレゼンだと、カーイは自負した。

これでもかと、ジェス側のメリットを積み上げたのだ。

この世界で広く信仰され、このミルナート王国の国教でもある〈地母神教〉は一生を独身で過ごす者に対して、手厳《てきび》しい教理を持っている。

カーイ自身、独身であることを教会のお偉方《えらがた》に咎《とが》められたことは何度となくある。

ジェスの父親も娘が恋愛にまったく興味がなく、男装して独身を貫《つらぬ》くという〈地母神教〉の教理に逆らいまくった人生を送ることに、諦観《ていかん》しきれていない。

地元では相手が見つからなかったが、王都ならあるいはジェスが恋に落ちるのではないかと思って、送り出した節があった。

ジェス自身もそんな父親の気持ちは理解しているはずだ。

だから、この紙上の結婚は彼女にとって、そんな悪い話ではないはずなのだ……！

③

「まぁ……！」

「……と言うことだったのです、レナ様」

いつものごとく夜にジェスの部屋を訪れたレナは、彼女の話に暫《しばら》くの間、目を瞠《みは》ったまま、ただただ親友の極上の美少年風に整った顔を見詰めることしかできなかった。

自分以外の女性をカーイが花嫁《はなよめ》に選ぶ可能性について、レナは何度も想像していた。

そして実際、今日カーイがジェスに求婚をしているシーンを目の当《ま》たりにして、気を失いそうになるほどのショックを受けた。

しかし、今ジェスの説明を聞くに、そのショックは急速に和《やわ》らいでいった。

カーイがジェスに求婚した理由が、彼女に恋したからではなく、レナにカーイ以外の王配を迎えて貰《もら》うための苦肉の策という理由だったからかもしれない。

まあ、「わたくしと結婚したくないからと、そこまでします？」的な衝撃はあったが。

「あらぁ～」

言葉を失っているレナの代わりにジェスの部屋まで一緒にやってきた母が口を挟《はさ》んだ。

「じゃあ、ジェーンちゃんは、カーイにプロポーズされたと言うのねぇ～？」

――お母様ったら、また、ジェスの名前を間違えて。

ジェスの親友を自負するレナとしては、ちょっと恥ずかしい。

レナの母は人の名前を覚えるのが苦手で、彼女に名前を間違われたことがない相手は、娘のレナと夫のラース前国王と、それからカーイだけだ。

三人とも極《ごく》短い名前だからかしらと思っていたが、同じくらい短いジェスの名前を間違えるあたり、そういうわけでもないらしい。美貌《びぼう》以外取り柄がないと自他共に認めるほど頭が軽く、いい加減な母にも一応家族の名前は間違えないだけの分別があったと取るべきなのか。

――だとしても、王宮の使用人達全ての名前を覚えろとは言わないけれど、わたくしの大切なお友達の名前くらいは覚えて欲しいんですけど！

最近ジェスは、私的な空間ではレナのことを名前で呼んでくれるようになった。

敬称を外してくれるのはまだ無理なようだが、いつかは普通に〈レナ〉と呼び捨てで欲しいなどと親友に対して夢を持っているレナだ。

そんなレナとしては母にもジェスを大切にして欲しいのに、娘が不機嫌になっているのも気づかず、母はうっとりとした口ぶりで言葉を続けた。

「あの辛気くさい喪服を脱いで、白い服に着替えて、百本の赤い薔薇の花束を持って、あなたの足下に跪いたのね～！」

「閣下はそんなことはなさっていません‼」

母の言葉にレナがますます大きく目を見開いていると、ジェスが強い口調で言った。反射的に返したあとで母后陛下への態度ではなかったと気づいたらしく、慌てて立ち上がって頭を下げた。レナの母が気にしなくていいと手を振ったのに、ジェスは直立不動のままで。

「いつもの黒衣姿で普通に、上司が部下に仕事を頼む時のように執務机の前までわたしを呼んで、『結婚してくれないか』と告げられただけです！ レナ様もご存じですよね？ レナ様がお部屋に戻られたあとで、突然、服を着替えて、花束を抱えてこられたりしていませんから！ 誤解しないで下さい、レナ様！ ——とかなんとか。

必死の形相でジェスに告げられるが、レナとしては意味が解らない。解らないが。

「わ、解ったから、ジェス。とりあえず、座って」

「はっ」

会話するのに相手が立っているのはレナが落ち着かないので、そう言ってジェスを座らせた。

レナ的には喪服を着ていても、赤い薔薇の花束がなくても、足下に跪いてくれなくても――と言うか、女王である彼女に、カーイは日常茶飯事《さはんじ》的に跪くし、式典などで花束を手渡すこともあるので、実はその手のことにあまりありがたみを感じない。そして、彼の喪服は亡父への思いの深さだと知っているから脱いで欲しいとは口が裂けても言いたくない――プロポーズの言葉を言って貰えたというだけで、ジェスが羨《うらや》ましい。死ぬほど羨ましいのだが。

「まぁ！　なんてことでしょう！」

しかし、レナの母は信じられないと言いたげに、両手で頬を覆《おお》い、目をぐるぐると回した。

「プロポーズをするのに、プロポーズをするのに、喪服のままで、花束も用意しなければ、レディの足下に跪きもしなかったと言うの～？」

そう言って「プロポーズをするのに」と、さらに繰り返した。

母的にソコはとても大事な点らしい。

「そんな素《そ》っ気《け》ないプロポーズをするなんて、乙女心がまるで解ってないじゃないのぉ～!!」

「「……」」

母アリアの憤慨《ふんがい》っぷりに、レナとジェスは顔を見合わせ、お互い論評を避けた。

ジェスは乙女心を欠片《かけら》も持ち合わせていないと常々言っているし、レナはプロポーズの作法なんかどうでもいいくらいカーイのことが好きなのだ。

「それで？　それで、ジェスは頷いたの？」

そちらのほうが大事だと、前のめりになってレナが尋ねれば。

「いいえ、レナ様」

ジェスは即座に首を振った。横に。

「ええ？　どうして？　カーイに求婚されたのに？　しかも、完璧《かんぺき》なプレゼン？　をされたのでしょう？」

「やだ、レナ。薔薇の花束もなければ、足下に跪きもしないで、仕事を言いつけるかのようなプロポーズなんて、誰だって断るわよぉ～！」

矢継ぎ早に質問をするレナに対して、ジェスの代わりに母が答えた。

母的に完璧なプロポーズではなかったようだが、しかし、プロポーズの主はレナから見れば非の打ち所がないあのカーイなのだ。

しかも、ジェス的にも完璧なプレゼンが行われたのだ。

――恋愛に興味がなくて結婚する気が欠片もないジェスが、いつか運命の恋人に出逢った時、相手が既婚者のジェスに対して、気が引けてしまうことはあるかもしれないけれど……。

デメリットはそれくらいだ。

それにカーイみたいな素敵な男性と接していても、近衛騎士団の並《な》みいる美男子達に囲まれていても――近衛騎士団は女王陛下の傍《そば》に侍《はべ》ることがあるので容姿も問われる。もちろん実力が一番だが――一ミリも乙女心が発動しないジェスが、運命の相手に出逢う可能性は低い。

――ジェスは恋愛事が苦手で、興味がなくって、独身を貫《つらぬ》くつもりだといつも言っているけれど。でも、〈地母神教〉の教理にあれもこれも逆らったように見える生き方をしていると、わたくしやカーイは気にしなくても、色々うるさく言ってくる人も多いだろうし。

だから、本当はそんな理由で結婚してはいけないだろうが、ジェスが今より少しでも生きやすい人生をと考えて、カーイとの書類上の結婚を選んでもしかたがない気がするのだ。

――もちろん、わたくしがジェスだったら、薔薇の花束なんてどうでもよく、一も二もなく求婚に承諾《しょうだく》するところだけれども。

それやこれや考えると。

「――それは、その、……わたくしに気を遣《つか》ったのであれば」

「いえ、そういうことでは……、ああ、もちろん！　もちろんレナ様を差し置いて自分が摂政《せっしょう》代行閣下の花嫁になるのは僭越《せんえつ》すぎると認識しております。……ただ、それだけではなく」

歯切れ悪く、ジェスは言葉を途切れさせた。

「では……？」

レナがさらに問うと、困り顔でジェスは一つ溜息を吐《つ》いた。

「――こういう裏事情をレナ様がご存じない状態で、もし、わたしとカーイ・ヤガミ摂政代行閣下が本当に結婚したら、レナ様はどうなさったでしょうか？」

「祝福するわ」

レナは即座に答えた。

祝福できないような君主は、昔カーイと約束した〈立派な女王様〉ではないと思うからだ。

「祝福して、それから？」

「え？」

それからとはなんだろう？

「そ、そうね、贈り物をするかしら」

その返答に困ったような顔でジェスは小さく溜息を零《こぼ》した。

「そういうことじゃないんです」

「え？　えっと、じゃあ……？」

「……わたしと閣下が結婚して、半年が経《た》ちました。そうなった時、レナ様はわたし達に何を仰るでしょうか？」

「え……？」

質問の意図がさっぱりつかめず、レナが戸惑っていると、母がにんまりと笑った。

「ああ、そうねぇ。半年も経ったら、きっとレナはこう言うに違いないわねぇ～」

母がレナの声音や口調を驚くほどそっくりに真似て言うには。

「赤ちゃんはまだできないの？」

——あ。

「ジ、ジ、ジニーちゃんとカーイの子供だったら、どちらに似ても可愛《かわい》らしい子になるでしょうねぇ」

母の言葉にぱぁ……っと、レナの脳内で星のごとくキラキラした妄想《もうそう》が羽ばたいた。

——ちっちゃいカーイ！　ちっちゃいジェス！

それは見てみたい。ぜひとも見てみたい。なにがなんでも見てみたい。

——見るだけでなく、抱っこしたり、あやしたりして遊んであげたいわ！

レナが生まれる前に父は亡くなった。

だから、レナは一人っ子で、カーイが父親兼兄代わりのようなものだった。

カーイは兄としても父としても文句の付けようのないほど素敵な存在だったが、それはそれとして、妹とか弟とかにレナは憧《あこが》れがあった。

それにレナの記憶に残るカーイは既に少年期の終わり、青年時代の彼である。

レナに時間を逆行する魔法が使えるならば、幼いカーイに出逢ってみたかった。

しかし、王族として土地を〈祝福〉する〈魔力〉は使えても、その他の特殊《とくしゅ》な魔法はレナには使えない（もっとも時間を逆行する魔法が使える者は、現時点で存在が確認されていない）。

となれば、彼の子供に逢ってみたい。

──カーイの子供はやっぱり狼《おおかみ》になれるのかしら？　赤ちゃん狼って可愛いでしょうね！

カーイ似の赤ん坊や幼児も可愛いが、ちっちゃくてモフモフの黒い仔狼を想像して、レナはニマニマしてしまった。

「紙上の結婚なのに、女王陛下やご両親から赤ちゃんは？　と、催促《さいそく》される生活は、あんまり楽しくはなさそうよねぇ～」

──あ。

ジェスが頷く。

「摂政代行閣下に申し上げたのです。わたしと閣下が結婚すれば、陛下は祝福して下さいますでしょう。そして少なくとも二年は、顔を合わせる度《たび》に子供のことを尋ねられるでしょうし、わたしの父は十年でも二十年でも、いつまでも子供が生まれないわたし達を心配して、子宝祈願に王国内だけでなく、世界各国のパワースポットを、リューマチで痛む体を押して巡《めぐ》ることでしょう。代行閣下はそんなレナ女王陛下や、我が父の姿に耐えられますか、と」

「……」

正直、その視点はなかった。

カーイもそうだったらしい。

ジェスの指摘に「リューマチ持ちのシラドー男爵に、そんな無茶はさせられない」と提案を引っ込めたそうだ。

カーイは海賊討伐《かいぞくとうばつ》の際、シラドー男爵――当時はシラドー提督《ていとく》だった――にずいぶん世話になったと、強い恩義を感じているのだ。

いくらジェスが恋愛に興味がない人間だからと言って、シラドー男爵に「お嬢さんとの書類上の結婚を許してくれますか？」と持ちかけるのは、カーイとしても躊躇《ためら》われたらしい。

――男爵はカーイと話し合って、ジェスは田舎《いなか》より都会が暮らしやすいだろうと王都に送ったそうだけれど、父親としては娘には普通の結婚をして貰いたいでしょうしね……。

一般的な〈地母神教〉の信者ならそう思うものだろう。

レナは誰かの親になった経験などもちろんないが、教会の教母様や教父様は親という生き物は孫の顔を見ないと死ねないものだと、レナや他の年若い信者達に口酸《くちす》っぱく言っている。

「まぁ！」

絶句しているレナの隣で、母が目を無駄にキラキラと輝かせて立ち上がった。

「あたくし、それはなんとしてもあなたとカーイに結婚して貰いたくなりましたわぁ～」

そう宣言すると、母は唖然《あぜん》としているレナとジェスを尻目に、くるりとテーブルの周りを回って、ジェスの隣に座り、彼女の手をガシッと両手で握り締めて説得を始めた。

「ねぇ、あなた」

ついに名前を忘れたのか、母は〈あなた〉と呼びかけて、グイグイとジェスに迫《せま》った。

「カーイの言う通り、ミルナート王家の存続のためには、あなたはカーイと結婚したほうがいいと、ミルナート王国の母后《ぼこう》、正式な摂政としてあたくしも思いますわぁ〜」

「……え、ぼ、母后陛下、それは、その……」

「カーイが他の誰かと結婚しない限り、絶対にレナは王配を迎えないとあなたも思うでしょう？　だから、あなたとカーイの結婚は王国のためですのよ！　さあ、決断しましょう！　そうしましょう！」

「あの！　あ、いえ、それは、その……」

「あら？　あなた、近衛騎士団の団員でしょう？　王国の忠義の騎士として、王国のためになることはなんでもするべきではなくってぇ？」

ジェスの名前は覚えていなくても、ジェスの性格的に断りにくい単語を並べる程度にはジェスのことを把握《はあく》しているのが、我が母ながらなんとも腹立たしい。

「――お母様、カーイに新手の嫌がらせをしたいからと、もっともらしいことを言って、ジェスを巻き込まないで下さいっ！」

あら？　と、母は長く密集した睫《まつげ》がパチリと音を立てるような瞬《まばた》きをして、レナを二度見すると、その本気度を理解したらしい。

「あぁん、レナったら。そんな本気の顔をしちゃってぇ。やだやだ、軽い冗談じゃないのぉ〜」

テヘッと笑って、そそくさとレナの隣に座り直すが、たぶん、母は本気で言ったはずだ。

なにせ母は、自分が生まれた時、まだ十四か十五の少年に過ぎなかったカーイに摂政の仕事を押しつけるくらい、カーイへの嫌がらせに謎の情熱を注いでいる人である。

——もう、本当にお母様ったら……！

「そういうわけで、女王陛下」

そんなことをレナが思っていると、ガラリと口調を変え、真剣な顔でジェスはレナを見る。名前ではなく肩書きで呼んできたあたり本気の本気らしい。思わずレナの背筋が伸びる。

「はい」

「ナナン王国の第十二王子デヴィ殿下が参られましたら、可能な限り無難な対応をよろしくお願い申し上げます」

「あ、…………は、はい」

そう頷いたものの、さて、どうやって国家的にカドを立てずに求婚を断れば良いものか。

④

西方諸島一の大国ナナン。

そのナナン国王の末っ子デヴィは一言で言えば、華やかな少年だった。

背後に控《ひか》えるナナンの警護官の女性と身長がそう変わらないあたり十五歳の少年としては短《たん》軀《く》なほうだろうが、手足が長くて頭身のバランスがいいので、小柄《こがら》な印象を与えない。

金銀の細やかな刺繍《ししゅう》が施《ほどこ》された縁《ふち》なし帽《ぼう》はちょっとした王冠のようだし、その下の青銀と赤金の混じった髪はくるくると渦《うず》を巻き、光を乱反射させている。

服装も生成りの麻《あさ》の地に赤や黄色や青に緑と色取り取りの刺繍が施された民族衣装で、ぱっと見、細身のロングドレスを着込んでいるように見えた。

首や腕に巻いた細長いスカーフもビーズや刺繍で彩《いろど》られて、非常に装飾的だ。

大きなアーモンド型の目は青と緑が混じったような不思議な色合いで、衣装といい髪の色といい、たくさんの色彩に溢《あふ》れた万華鏡のような少年だ。

西方諸島一麗《うるわ》しい王子と謳《うた》われるだけあって、目鼻立ちは女の子のように愛《あい》らしい。

「レナ女王陛下に拝見つかまつり、このデヴィ、きょっ、恐悦《きょうえつ》至極に存じますですっ！」

王宮の大広間、赤い絨毯《じゅうたん》の上をレナの玉座の傍《そば》までゆっくり歩いてきたデヴィ王子は、片膝をついて挨拶《あいさつ》するが、緊張しているのか思いっきり噛んだ。

いや、噛《か》んだどころか、文法も微妙だ。

『アハハッ、噛んじゃった』

王子は自分の失敗に照れ笑いしながら母国語で呟いて、背後のお付きを振り返る。

民族衣装ではなく、カーイと似た感じの黒スーツに大ぶりの真っ黒なサングラスをかけたお付きの女性は、小さく咳払いをして『殿下、女王陛下の前ですよ』と小声で注意した。

頭が痛い――と、彼女の心の声が響くような口調だ。

きゅぅっと叱《しか》られた子猫みたいな表情をすると、デヴィ王子は急ぎレナのほうを向いて、改めて勢いよくぺこんと頭を下げる。

「失礼しました、陛下。最初の挨拶から噛んでしまって、ごめんなさいっ！」

その様が万事可愛《かわい》い。

ナナン王家の末っ子として父王からも国民からも溺愛されているのが解るというものだ。

『ようこそ、我が国へいらっしゃいました。デヴィ殿下。歓迎いたします。どうか我が国で楽しい思い出を作って下さいませ』

レナはデヴィ王子の失敗には触れずに、滑《なめ》らかな発音のナナン王国語で返した。

するとデヴィ王子は目を丸くして、ついでに口も丸くぽかんと開けてレナを暫く見詰めた。

『……陛下のナナン王国語は完璧《かんぺき》ですねー』

そのまま『すごーい、ボクより上手《うま》いかもー』と、本人的には小さく呟いた。

小声のつもりのようだが、しっかりレナの耳にも周囲の耳にも届いてしまった。

背後に控えたお付きの女性に、おそらく小言を耳打ちされて、また殿下は軽く肩を竦《すく》め、笑って周囲を見回した。そんな彼を九割は微笑《ほほえ》ましく受け止め、一割は王子の年齢より遙《はる》かに幼い様子に呆《あき》れているようだ。

レナとしてもどちらかと言えば一割のほうだが、王子という身分を考えなければ「弟にしたいくらい可愛い子だわ」と思う。

——なんだか子猫みたい。

レナの友人の一人に超猫好きな令嬢がいる。

その彼女ドローテ・アズマの座右の銘《めい》は〈可愛ければ全ては許される〉である。

超高価な調度品やお気に入りのドレスに爪を立てられボロボロにされようが、一点物の芸術的絨毯で粗相をされようが、〈可愛ければ全ては許される〉教の教徒と言ってもいい彼女は、猫を叱らず、「おニャンコ様の通り道にこのようなものを置いた自分の不徳」と流してしまう。

デヴィ王子を見ていると、なんとなくそんな彼女のことを思い出した。

——デヴィ王子も、可愛ければ全て許されるって感じで育てられたんじゃないかしら。末っ子だし。上のご兄弟とは年も離れていると聞きますし。

「あ、あのですねっ、陛下！　ボクのミルナート王国語って、今年百五歳になるひいひいお祖母様《ばあさま》から教わったものなんですよね！」

と、王子は唐突にミルナート王国語で言い出した。

それを受けて、背後の黒服の女性が閉じていた口の口角を微妙に下げた。

お付きの女性は動きやすさ最優先の男物のスーツを着ているあたり、乳母《うば》とか侍女とかではなく、警護の者のようだ。

カーイの眼鏡《めがね》よりずっと色の濃い大ぶりのサングラスは彼女の表情を見せない。

だが、口元の動きだけで自国の王子の失態に呆れ、怒っている雰囲気《ふんいき》を、レナは感じた。

冒頭から末っ子感丸出しの自由奔放《ほんぽう》甘えたモードな彼だが、〈ひいひいひいお祖母様〉という単語を使うところもどうにも子供っぽい。

「ボクのひいひいひいお祖母様は、ミルナート王国の出なんですー」

――あら、でも、ひいひいひいお祖母様って、なんて言い換えればいいかしら？

曾《そう》祖母の母は高《こう》祖母だが、それより上となるともう先祖としか言えない気がする。

「まあ、ひいひいひいお祖母様が、ミルナートの方だったのですか？」

しょうがなく相手の言葉をオウム返しして、無難に会話を繋《つな》ぎながら、自分はミルナートと縁があると言いたいのだろうかと、レナは相手の言葉を深読みした。ところが、である。

「はい！　でも、ひいひいひいお祖母様は……あのぅ名前でいつもはスズお祖母様と呼んでいるんですけど、スズお祖母様は名家の出でもなんでもないんで、ボクのミルナート王国語って庶民的《しょみんてき》で、陛下に対して失礼かもしれないんですけど、ボク、貴国にいる間は、ミルナート王国語を話したいと思うんです。それが訪問者としての礼儀だと思うのですよねー。だから、陛下にもナナン王国語ではなく、ミルナート王国語を話していただきたいですー」

無邪気そのものな感じでニコニコと言う。

なるほど確かにデヴィ王子のミルナート王国語は、〈貴族〉というより庶民のものに近い。語尾を伸ばすあたり子供っぽくて、〈王族〉らしくないが、可愛らしいとも言える。

それに訪問者として、不完全だろうと訪問国の言葉を話そうというのは、正しい。

——末っ子の甘えたさんだと思ったけど、意外と真面目《まじめ》……？

「あ、ナナン王国にも真《ま》っ当《とう》なミルナート王国語の教師がいないわけではなかったんですよー」

レナの沈黙をどう思ったのか、慌てた様子でデヴィ王子は言い足した。

「でも、スズお祖母様の顔を、立ててあげないと、あとあともうすごーくめんど——あ」

背後のお付きの女性に腕を強く引っ張られ、デヴィ王子は口を閉じた。それから、猛烈な勢いで叫んだ。

「すす、すみませーん。今のは、ナシです！　ナシナシナシです！　スズお祖母様、お祖母様の悪口を言いたかったわけではないんですー。本当ですってばー‼」

レナに言っているのかお付きの女性に言っているのか、首を前後に振りながら言い訳する。

宮廷礼儀的に言えば、初めて逢った他国の君主にひいひいひいお祖母様がどうのという話をすること自体、かなり礼儀を失している。

だが、それよりも彼にとってはスズお祖母様ことひいひいひいお祖母様の悪口めいたことを言った事実が、当のお祖母様にばれるほうがより大変な事態らしい。

途中からデヴィ王子の顔はすっかり青ざめてしまったくらいだ。

「そそ、それはさておき、あの、あの、ボク、陛下と摂政《せっしょう》代行閣下《かっか》に、だ、大事な願い事があるのですー。だから、後ほどお時間を下さい！」

謁見《えっけん》の間に集《つど》っていた大臣や官僚達が、ざわっとどよめいた。

女王とミルナート王国政府の実質的代表である摂政代行の二人に大事な願い事をするとなれば、求婚に違いないと誰もが思ったようだ。

「もちろんです、殿下」

レナより先にカーイが愛想《あいそ》良く応じる。

最近レナには見せてくれない最上級の笑顔でである。

カーイったら、どうしてそんなに嬉しそうなの!?　――と、レナは癇癪《かんしゃく》を起こしたくなった。

が、ジェスとの約束を思い出して、レナはなんとか堪《こら》えた。

――ナナンの王子みたいに子供っぽく振る舞うのはみっともないですしっ！

人の振り見て我が振り直せと〈大洪水〉以前の世界では言われていたらしい。

昔、カーイと〈立派な女王様〉になるとレナは約束したのだ。

それはレナにとって、絶対に守らないといけない約束だ。

「晩餐《ばんさん》の前に時間を作りましょう。それでよろしいですか？」

表情をなくしていくレナと反比例するかのようにカーイの機嫌は良い。

「はい！　ありがとうございます！」

そして、また、デヴィ王子も花が綻《ほころ》ぶような喜色満面の笑顔で応《こた》えた。

余人のいない場所でとのことで、女王の私的な客間にレナはデヴィ王子を招《まね》いた。

と言うか、カーイがそういう風に仕切ったので、レナは招かざるをえなかったのである。

レナは母と並んで、女王の私室に相応《ふさわ》しい白く繊細《せんさい》なテーブルを挟《はさ》んで、デヴィ王子の向かい側に座った。

デヴィ王子はレナの隣にいる母にちょっとまごついたような顔をしたが、レナの母は正式な摂政だ。この場にいられても文句は言えないと理解したらしく、青銀と赤金の混じった巻き毛の頭をぺこんと下げた。

あの王冠のような円筒形の帽子を被《かぶ》っていないおかげで、複雑で鮮やかな色合いの髪の毛が本当によく観察できた。

巻き毛の一束ごとに赤金だったり青銀だったりしている髪の毛は天然の宝冠のようだ。

近くで見れば瞳は本当に大きくて、青と緑の混じった稀少《きしょう》な宝石っぽい。

にこっと笑った姿形は宝石細工の人形のように煌《きら》びやかで、まったく愛らしい王子様だ。

カーイはレナの右斜《なな》め前、テーブルの短辺側の椅子に座っている。

あの目立つ黒スーツの女の人とではなく、一人でやってきたデヴィ王子は椅子に座ると、礼を言って両手を合わせ、一度人差し指が唇に触れるように頭を下げた。

ナナン王国周辺の感謝の仕草だ。

「それで、お願いとはなんですの？」

「ハイ」

そう返事したものの彼は、あの青と緑の混じった不思議な色合いの大きな瞳でチラリとカーイを見遣《みや》って「えー、と……」と、小さく呟いて視線を下に落とした。

それから、かなり長く沈黙する。

「……殿下にお持ち頂《いただ》いたナナン国王陛下の親書によれば」

「あの、そ、それ、間違いなんですっ！」

長い沈黙に業《ごう》を煮やしたか、カーイが口を開くと慌てて、デヴィ王子は大きな声を出した。

「ま、ち、が、い……？」

カーイの声が低くなった。

ナナン国王からの親書にはレナも目を通している。

国王はミルナートとの関係強化を望み、そのために第十二王子デヴィをレナの王配に推挙《すいきょ》したいと、親書には認《したた》めてあった。

——それが、間違い……？

「どういうことでしょうか、デヴィ殿下？」

官僚モードのカーイの物言いはおおむね、四角四面で冷たく感じられるが、これはまた背筋がヒヤリとするような物言いだ。

「父上……、あ、違った。ナナン王国国王は、ミルナート王国と今より一層親しくありたいと考えてますー。ボクも、それに異存はないんですよ。ぜんぜんないんですよ。た、た、ただ、ボ、ボク、ボクには父……、国王とは違う考えがありましてっ！」

色つきガラスの眼鏡越しとは言え眼力の半端ないカーイに睨《にら》まれて、額ににじみ出た冷や汗を指で拭《ぬぐ》いつつ、言葉を噛み噛みデヴィ王子は言う。

——ミルナートと仲良くしたいけれど、違う考えがある？

そう言ったものの、デヴィ王子はそのまま両手を膝の上で組んで俯《うつむ》いている。

全身に、なんだかとても言い出しにくそうな空気を纏《まと》っている。

『……複雑なお話なら、ナナン王国語のほうでご説明をされてはどうでしょう？』

助け船のつもりでレナが言えば、やっとデヴィ王子は顔を上げた。

「陛下は、ボクのミルナート王国語は、完璧ではないと思っていらっしゃいますよね。ボクもそれは知ってますよ。でも、大切なことは愛する相手の母国語で話すべきだと、いつも父上も母上達も、それからスズお祖母様も言ってたんです！　だ、だから、ボク、頑張ります！」

——愛する相手の母国語。

その彼の姿勢は真摯《しんし》だし、尊敬すべき考え方だと思う。

思うが、レナは身構えた。

結局、彼はレナに求婚するのだろう。

――どう断ったら、ナナン王国の面子《めんつ》を潰《つぶ》さず、そしてカーイを納得させられるかしら？

そうレナが悩んでいると。

唐突に殿下は椅子から降りて、床に正座し、彼の左斜め前の人物に向かって三つ指ついてお願いを始めた。

「カ、カ、カーイ・ヤガミ様、どど、どうかボクの花婿《はなむこ》になって下さい！」

⚓

「…………………………」

レナは一瞬、何が起こったのか現実に頭がついていけなかった。

とは言え、外国からわざわざやってきた王子が、女王たる自分をスルーして、自分の摂政代行――それも男だ――にプロポーズをするなど、ついていけるほうがおかしいと思う。

――まあ、そうは言っても、カーイは男性でも思わずプロポーズをしたくなるくらいカッコイイとは思いますわ！

と、レナは心の中で大きく頷いた。

そう。

顔かたちもそうだが、長い指とか黒いシャツ越しでも判る綺麗に筋肉の付いた腕とか、広い背中とか、長い足とか。

どのパーツを取り出しても、どの角度からどこを見てもカーイは一分の隙《すき》もなくカッコイイ。

こんなに完璧に格好良くなくてもいいんじゃないかと思うくらい、完全無欠にカッコイイ。

レナはカーイが何も話してくれなかったとしても、何時間でもカーイを眺めていられる自信があった。だから。

ああ、そうだわ。きっとデヴィ王子は、カーイに一目惚《ひとめぼ》れしたのね！　――と、レナは断じた。疑う余地も残さず、きっぱりと。

――なんてお気の毒なのでしょう……！

父王からはレナに求婚するよう言い含められてきただろうに、彼は可哀相《かわいそう》にカーイに一目惚れしてしまったのだ。

その心のままにカーイに求婚するとは、一国の王子としては完全に失格だ。

――でも、カーイは本当に誰が見ても世界で一番と言っていいくらいカッコイイからしょうがないですわよね。

こんなにカーイってカッコイイんですもの。男の子でもうっかり求婚したくなる気持ちは解るわ！　本当によく解るわ!!　――とレナは心の中で、軽く三十回は頷いた。

ああ、まったくレナの自慢の摂政代行閣下は、いつも惚れ惚れするくらい完全無欠にカッコイイ！

——しかも、カーイったら、顔だけではなく武術に優れ、政治にも明るいわけだし、〈王族〉の理想的な伴侶《はんりょ》よね。本人はわたくしの王配になるのを固辞しまくってるけど。

もしもデヴィ王子がナナンの王女であれば、カーイを自国に引き抜くために結婚を申し出るのも不思議ではなかったろうと、レナは思う。

——あら？　これってもしかして、本当はカーイ・ヤガミ摂政代行閣下の能力を見込んでの引き抜きなのかしら？

同性への求婚というインパクトで誤魔化して、実のところは単なる人材スカウト？

十二番目の末っ子王子だとか容姿が可愛いとか。そんな点ばかり注目して、ただの甘やかされたお飾りの〈王族〉だと思っていてはいけないのかもしれない。

ミルナート王国語が不完全でも頑張って話すのでレナにも母国語で対応してくれと頼むとか、口説《くど》く時は相手の母国語でないととか。

話し方が子供っぽいので騙《だま》されがちだが、この王子は、〈王子〉という職務や他人に対して、誠実できちんとした対応をしている。

そんなことを思えば、人材スカウト説も捨て置けない。

——でも、単にカーイが格好良すぎたせい説を採《と》りたいわ、わたくし。

あとでジェスの意見も訊《き》いてみようとレナが思っていると。

「……デヴィ殿下」

さて。

カーイは不気味なくらい愛想良く彼に話しかけた。

世の中には怒鳴り散らしているより笑顔のほうが怖い人間がいる。

だが、カーイの場合、どちらに転んでも十二分に怖いタイプの人間なので、始末に負えない。

「ハ、ハイー」

床に正座したまま、王子は顔を上げる。

「失礼ながら、確かに殿下のミルナート王国語は完璧ではないようですね。今の台詞は『自分を女王陛下の花婿にして下さい』と言うべきでしょう」

にこにこにこにこにこ。

愛想笑いを崩さないで、カーイはそんなことを言う。デヴィ王子は、彼にとって外国語であるミルナート王国語を言い間違えたのだろうと。

——ま、まあ、そういうことにすれば、一応、今のデヴィ王子の突拍子もないプロポーズをなかったことにできますものね。

いわゆる〈大人の対応〉というやつだろう。

でも、それは失礼じゃないかしら？　——と、レナは思った。

たとえ人材スカウトのために求婚したのだとしても……いや、やはり人材スカウトのためだけに求婚はありえないから、カーイに一目惚れしたのだとレナは思い直した。

もし、自分がデヴィ王子だったら、高い崖《がけ》から飛び降りるような気持ちで、先ほどの求婚の台詞を言ったと思う。

――それを、まったくなかったことにするのって、ちょっとカーイ、無神経だと思うわ。

カーイとしては、どうしてもデヴィ王子にレナに対しての求婚をさせたいのかもしれないが。

――カーイってわたくしの気持ちもスルーしようとするけど、デヴィ王子にもそうするのって酷《ひど》くないかしら。いいえ、酷いわ。

レナは母親から恋愛下手《べた》と断言されるくらい色恋沙汰《ざた》が苦手で、レナの親友のジェスは恋愛にまったく興味がない子だけれど、カーイも恋愛が苦手なのかもしれないと、ちょっと思った。

……落ち着いて考えれば、デヴィ王子が本気でカーイに求婚したのだとすれば、彼が男性であろうと、レナにとってはカーイを巡《めぐ》る恋敵である。

にも拘《かか》わらず、デヴィ王子の決死の覚悟（だと思われる）の告白を、なかったことにしようとしているカーイに、レナは大いに憤慨《ふんがい》していた。

――デヴィ王子が可哀相だわ！　告白するのって、本当に本当に勇気が要《い》るんだから！

カーイは誰からも好かれてモテモテでレナをはじめとして無数の女の子達にも告白され放題の人生を歩んできたから、告白する人間がどれだけビクビクして勇気を振り絞《しぼ》って告白しているか、解っていないに違いない。

――カーイはどこをとっても完璧だけど、そこだけはちょっと困ったところだわ。

それもこれも何もかもカーイが完全無欠にカッコイイことによるものだから、しょうがないんだけど！　――と、レナは心の中で持論をどんどん展開していた。

「いいえ、違いますー」

ところで、そんなレナの内面に気づいた様子もなく、またカーイの笑顔の裏にある怒気に気づいているのかいないのか。

カーイにミルナート王国語の言い間違いをしたのでしょうと言われたデヴィ王子は、きっぱり否定した。

「ボクが結婚したいのはー、カーイ・ヤガミ摂政代行閣下、あなた様なんですよー!!」

どう頑張っても「言い間違いでしょう」といなせない言い方で求婚されて、カーイは一瞬無表情になった。

これに似たやりとりをどこかで見たわ――とレナは思ったが、そう言えば先日のジェスとカーイの求婚劇に似たやりとりだ。

「――」

レナはハラハラした気持ちでカーイと王子を見遣った。

そんなレナの隣で母がワクワクとしているのが視線をやらなくても雰囲気で解った。

——もう。お母様には面白《おもしろ》い見物《みもの》かもしれないけれど、デヴィ王子に失礼だわ。

「……失礼ながら、殿下は、視力に問題でも？」

にこにこにこにこにこ。

再び愛想の良い笑みを浮かべてカーイが尋ねる。

言語能力の問題でなかったとなれば、視力の問題にしたいらしい。

咄嗟《とっさ》によくこんな外交的にカドの立たない対応を思いつくものね——と、レナは感心するやら呆れるやら。

しかし、政治家としては正しいのかもしれないが、求婚された人間の対応としては、やっぱり最低に近くないかと思う。

さて、このカーイの質問に対してもデヴィ王子は。

「いいえ、ボクの視力は両目とも二・五ありますよー！」

視力に問題がないことを元気に断言した。

カーイの大人な気遣いも水の泡《あわ》だ。

「——」

そしてこの返答に、ついにカーイの愛想笑いが消えた。

「……では、目が悪いわけでもないのに、私の性別を見間違えられたのですか、殿下は？」

——う。

怒気を向けられたのは自分ではないのだけれども、レナは心臓が縮《ちぢ》んだような気がした。

カーイは怒ると、本当に本当に怖いのだ。

「いいえ、閣下が男性であることは、ボクも、ちゃんと存じ上げてますよ」

「……では、あなたを王子殿下だとこちらが認識しているのが、間違いであったのでしょうか？」

確かにジェスのように男装していると言われれば、そうかもしれないと思ってしまうほど、デヴィ王子は愛らしい顔をしている。しかし。

「いいえ！　ボク、女の子と間違えられることは確かにありますけど、正真正銘《しょうしんしょうめい》のナナン王国の第十二王子です。なんなら教会で地母神様に誓いますよ」

「……では、失礼ながら、ご存じでなかったのかもしれませんが、地母神教では同性婚は認められていません」

「はい！」

ずっと「いいえ」ばっかり言っていた王子が、初めてカーイの言葉に頷いた。

「だから、教会がボクと閣下の結婚を認めるように、ボクと一緒に戦って下さい！」

——あ。

レナはヒヤリとした。

〝一緒に戦って〟

それは、レナの父がカーイに言った言葉だ。

――お父様だけが、カーイに言える言葉だ。

「――一緒に？　戦って？」

レナの予測通りカーイは静かに深くキレた。

先刻までとは比較にならないほど冷たい視線と口調で、デヴィ王子を見下ろす。

「私はミルナート王国の〈剣〉です。ナナン王国の王子殿下のために、私という〈剣〉を抜く気は毛頭《もうとう》ございません」

「ボクは、別にミルナートと戦争をしたいわけではないですよー」

天然なのか、計算なのか。

デヴィ王子はカーイが己《おのれ》の存在自体を〈剣〉にたとえた意図を微妙にズラして返す。

「そうじゃなくて、ボクは、あなた様をナナン王国に迎えたいんですっ！」

「――は？」

レナは人材スカウトの可能性も予想していたが、カーイ本人はそこは予想外だったようだ。

「私を、ナナン王国に？」

「カーイ・ヤガミ摂政代行閣下の武勇と知略は、ナナンでも知れ渡っています！　ボクはぜひとも閣下にナナンに来て頂き、そしてその手腕で今以上にナナンを豊かにして欲しいのです！」

「――私はミルナート王国の〈剣〉だと申し上げましたよね？」

剃刀《かみそり》のような鋭い切れ味を見せるカーイの物言いに、まったく気づいていないのか、あるいは告白の興奮に酔っているのか。

「閣下が前国王ラース陛下に、メチャメチャすんごい忠誠を誓っていらっしゃることは、ボクも知ってます。スズお祖母様から耳タコなほど聞きましたから！　でも、フース陛下が亡くなって、もう十六年も経《た》ちましたし、ミルナートはこんなに立派な王国になったのですから、閣下ももうラース陛下への義理を果たされたと思いますっ！　だから、これからは新天地のナナンで、ボクと共に新しい幸せを見つけましょう！」

――まあ…………。

レナは血の気が引いた。先ほどまでワクワクとした空気を振りまいていた母ですら、地母神様への祈りの言葉を小さく呟いて俯いている。

ちなみに地母神様への祈りは大地に向かって行うものなので俯くのが正しい。

それはさておき、レナにとってデヴィ王子は愛嬌《あいきょう》の塊《かたまり》のような少年だというのが第一印象だったが、違った。大違いだった。

――この王子様、無神経の塊だわ……。

プロポーズしたくなるほど、カーイがカッコイイのは解る。

母国に連れ帰りたいほど、カーイが有能なのも解る。

もう十六年も経ったのだから、ラース前国王への義理を果たしただろうと言いたい気持ちは、レナにだってある。

カーイがわたくしを大事にするのは、お父様の娘だからで、わたくしがわたくしだからじゃないのよね？　――そう問い質《ただ》したい気持ちはいつだってあった。

――でも、それはカーイには絶対に言ってはいけないことだって、カーイをちょっとでも観察していればすぐに解ったわ。

レナの父が亡くなって十六年経っても喪服《もふく》しか着ないカーイに、もう義理は果たしただろうなんて、簡単に言えるものではない。

父とカーイが二人だけで刻んだ時間は、その記憶は、父が遺した王国の女王であるレナでさえ触れてはいけないカーイの聖域なのだと、どうしてこの王子は理解できなかったのか。

「あんたは！」

だからカーイが、相手が他国の〈王族〉だというのに、文官モードをかなぐり捨てるのも当然のことだと思った。

〈大洪水〉以前、踏むと爆発する〈地雷〉という武器があったそうだが、デヴィ王子はカーイの心の中の〈地雷〉をこれでもかとばかりに踏みまくっている。

聖域にずかずかと土足で入るようなことをしている。

故《ゆえ》にカーイは怒鳴るだけでなく、天板が割れるかと思うほど強くテーブルを拳《こぶし》で叩いた。

「うちの！　ミルナート王国民自慢の、女王陛下に、なんの不満があって！　女王陛下を袖《そで》にして、こんなオッサンに求婚してんだ⁉」

――…………………………え？

レナは一瞬、呆気《あっけ》に取られた。

先ほどカーイはデヴィ王子に、同性だというのにプロポーズされるわ、レナの父しか言ってはいけない〈一緒に戦って〉との言葉を告げられるわ、ナナンに婿入りしてくれと言われるわ、もう十六年も経ったのだから死んだレナの父への義理立ては果たしただろうと無神経にもほどがある言葉を言われるわ……、とにかくどれ一つ取ってもカーイの怒りが頂点に達してもおかしくはないことを、デヴィ王子はいくつもしでかした。

だから、目の前のカーイが、レナがかつて見たこともないほど怒り狂っているのは理解できるのだ。だが。

――ちょっと待って。あれだけのことをしでかしたデヴィ王子に対して、一番の怒り理由が、わたくしをスルーして、自分に求婚したからと言うのは、どうなの？

先ほどのデヴィ王子の発言は、レナが思うに、カーイの怒りポイントがこれでもかというほどてんこ盛りだったはずなのだ。

なのに、いの一番に怒るのがそこというのはどうなのか。

――そんなに！　そこまで！　わたくしと結婚したくないのかしら、カーイは！

カーイも怒り狂っているが、レナはレナで膝の上で拳を握り締めて静かな怒りに打ち震えた。

「オッサンじゃないですよ！　閣下は惚れ惚れするくらいメッチャクッチャ男前ですよ！　スズお祖母様が閣下の話をする度に、言葉半分に割り引いてましたけど、実際にお会いしたらスズお祖母様の言葉の三倍も男前で、ボク、吃驚《びっくり》しましたもん！」

そこへ、たいていの人が震え固まるカーイの一喝《いっかつ》に怯《ひる》まず、デヴィ王子が切り返した。

「そうね、それはわたくしもそう思いますわ」

なので、思わずレナは口を挟んだ。

カーイはことあるごとに己のことをオッサンだとかジジイだとか言うけれど、まだ、二十九歳で、レナとはたった十四歳しか離れていない。

しかも、カーイと同年代の男性と比較しても、レナの同世代の男性と比較しても、圧倒的に男前でカッコイイ。

「わたくし、デヴィ王子がカーイに求婚したくなった気持ち、凄《すご》く解るわ！　とっても理解できるわ！」

デヴィ王子は華やかで可愛らしくて愛くるしくて女の子が大好きな理想の王子様像の一人になりうると思う。

だが、そんな彼でさえカーイは虜《とりこ》にしてしまうのだ。

それも当然とレナには思えた。

「へ、陛下？」

しかし、カーイ自身はそうは思わなかったのか――まあ、カーイはいつも謙虚《けんきょ》なのよね、と、レナは心の中で首を振った――ギョッとした顔でこちらを見た。

そんなカーイにレナはプリプリしながら言った。

「さっきから、カーイはデヴィ王子に酷いんじゃなくって？　デヴィ王子の求婚をなかったことにしようとしたり、求婚自体を怒ったり」

「女王陛下っ！」

味方を見つけたとばかりに、デヴィ王子の顔が輝いた。

「レナ女王陛下は、お噂通り、とても可愛らしく、愛らしく、素敵なレディだったんですね！　感激ですーっ！　……あ、で、でも、そ、そのぅ、ボ、ボク……あの、ボクは可愛い女の子より、男前な男性が好きなのです！　すみません」

「まぁ……！」

レナは普通に驚いた。しかし、である。

「謝る必要はないわ。そう言えば、わたくしも、可愛い女の子より男前の男性のほうが好きですもの」

「へ、陛下？」

さっきよりもさらにギョッとした顔でカーイがこちらを見る。

なぜかデヴィ王子も、ただでさえ大きな目を不思議そうに丸くしている。

「わたくし、おかしなことを言いました？」

「いいえぇ。あたくしも、可愛い女の子より、男前の男性のほうが好きだわぁ～。女子としては当然よねぇ～」

母が混ぜっ返す。

「女子ならば当然でしょうが、男子では当然ではございません」

無愛想に官僚モードに戻ったカーイが言えば、デヴィ王子はあの印象的な瞳を大きく見開いて潤《うる》ませ、唇をわななかせた。

「それは差別ですよ！　なぜ、女子に許されることが、男子に許されないんですかっ⁉」

デヴィ王子の半泣き顔は、それだけでたいていの人間を落としそうなほど可愛らしく庇護欲《ひごよく》に訴《うった》えるものだったが、何よりも。

――差別。

その単語に、レナの摂政代行閣下は滅法弱い。

武術はもちろんだが、議論をふっかけてもカーイに敵《かな》う者はいない。

大概の議論を瞬殺できるカーイが、二の句を失っている。

「……〈地母神教〉の教えでは、同性の婚姻は」

それでもなんとか気を取り直して、カーイが国教――ミルナートでもナナンでも〈地母神教〉

は国教だ――の教えを盾《たて》にしようと言い出したところで。

「地母神様は、人々がお互いに慈《いつく》しみ合《あ》い、助け合って仲良く生きることを推奨《すいしょう》していましてよ～、カーイ」

ふふふ……と笑いが止まらない顔で、レナの母アリアがカーイの言葉を遮《さえぎ》った。

常時でも紫水晶にたとえられる瞳が、いつもの倍以上キラキラと輝いている。

「ナナン王国とミルナート王国が今まで以上に仲良くなるために、第十二王子とヤガミ公爵閣下の縁組みは悪くないことじゃなくってぇ？　カーイがナナン王国に行くのは反対ですけど、王子が来て下さるのなら悪くない縁組みだと女王陛下の摂政として、あたくし思うわ～」

普段まったく摂政の仕事をしない母が、ここぞとばかりに摂政顔をして言う。

――お、お母様……。

レナの母親はなぜかカーイのことが嫌いと公言していて、カーイに嫌がらせをすることを趣味としている。

――わたくしがカーイのことを好きなのを知っていて、そんなことを言うなんて酷いわ。

そうレナは思ったが、己もデヴィ王子を援護するような発言をしたことを棚上《たなあ》げにしている。

「母后陛下。〈地母神教〉では同性婚を認めておりません」

「あらぁ～、そんなの、認めさせればいいことじゃなくって？　ミルナートの摂政代行閣下にできないことはないと、世間では評判よぉ～」

「……私は教会とケンカするつもりはございません」

「あら、そうなの？」

意味深な表情で、母はカーイを見る。

「ねぇ、カーイ。あなたはレナには政略結婚を押しつけようとするくせに、自分は政略結婚はできないと？　それはずいぶん勝手じゃなくって？　ねぇ、レナ？」

カーイは一瞬、何かに飲まれたように固まった。

「そ、それは……そう思いますわ、お母様」

落ち着いて考えれば、ここで「それもそうですね」とカーイがデヴィ王子との結婚に乗り気になったらレナ的には最悪なのだが、母の言葉についレナは頷いてしまった。

頷いたあとで、「あ……！」と思ったら。

「陛下。それとこれとは話が違います」

カーイはデヴィ王子と結婚する気はないようだ。

「あら、どう違うのかしらぁ〜？」

アリアに問われて、レナの優秀な摂政代行閣下はムッと口を一文字に閉じた。

そこに六時を告げる鐘が鳴った。

「——私は晩餐会の準備がありますので、これで失礼します」

「逃げるのぉ？」

アリアの言葉に唇の端を歪《ゆが》めたものの、カーイは無言で頭を下げるとさっさと部屋を出て行った。

敵前逃亡は彼らしくなかったが、戦況を見極めて退《ひ》く時は退いてきたから、常勝無敗と謳われてきた人なのだ。

5

「……と言うことが、あった」

先日呼び出された摂政《せっしょう》代行の執務室。

これまた先日と同じように執務机の前に立ったジェスは、椅子に座って組んだ両手を唇の下に置いたカーイにそう言われて、反応に大いに困っているようだった。

「……俺はいったい何を間違えたんだろうか…………？」

思わず弱気な言葉が口をついた。

ジェスがアリアのように意地の悪い人間ならば、「因果応報です。意に染まぬ相手から結婚を迫《せま》られた、先日のわたしの気持ちが解ったでしょう！」などと高笑いをしたかもしれない。

だが、ジェスはアリアの千倍も万倍も性格がいい。

「何を間違えたも何も、普通に考えて女王陛下の王配候補として来た王子が、摂政代行閣下《かっか》に求婚するなど、隕石《いんせき》が王都を直撃するくらいありえないことかと」

と、同情深い顔で慰《なぐさ》めの言葉を口にしてくれた。

まったくジェスが男だったら完璧《かんぺき》なレナの王配になってくれたのにと、何千回思ったか解らない感慨《かんがい》をカーイは持つ。

「しかも、その衝撃な求婚に対して閣下が大人な対応――つまり聞かなかったことにしようとしたら、女王陛下から非難されるとか、一時間後に〈大洪水〉が再来するよりありえないことかと存じます」

――だよなー！

と、心の中で大いに頷いたが、顔には出さなかった。摂政代行閣下としての面目《めんぼく》がある。

「普通の女王様なら、己《おのれ》に求婚すべき相手が、お付きの男性に求婚したなんて目にあったら、己をバカにするのかと怒り狂いそうなものなのに」

――ホントだよ、まったく！　しかも、レナは俺のことをいつも大好きだとか王配になってくれとか言ってるくせに、なんだよ、あれは!?

なぜ、レナがデヴィ殿下の味方をしたのか、カーイにはまったく理解できなかったし、なんだかレナに裏切られたような気持ちになっていた。

「女王陛下は本当にお優しい方ですね」

――は？

この件はそう取るべきなのかと、カーイはジェスの顔を二度見した。

「ご自分のお気持ちより、デヴィ殿下のお気持ちを優先されたのでしょう？　なかなかできることではございません」

――む。そういうものか……。

まあ、確かにレナはラースに似て気持ちの優しい娘だ。

――ラースも、自分より他人を優先するところがあったなぁ……。

思わず遠い目になる。

ラースは、顔に痣《あざ》があるというだけで両親から疎《うと》まれ、遠ざけられ、打ち捨てられた。

〈王族〉らしい扱《あつか》いなど一つもしてくれなかったこの王国のために、たった一つしかない命を使い果たした親友。

デヴィ殿下は十六年も経《た》ったと簡単に言ってくれたが、十六年経っても彼の死に対して、カーイは怒りが収まらない。

「ところで、摂政代行閣下は、デヴィ殿下が同性愛者だとはご存じなかったのですか？」

いやまさかそんな初歩的なミスをこの万事そつのない摂政代行閣下が犯すとは思えないが。

そんな心の声が副音声で聞こえてくる。

――その通りだ、ジェス。

無論、事前調査はしている。念入りに。

「ナナン王国にいる部下達からの報告では、同性愛者のどの字も出てこなかった。愛玩《あいがん》動物系の容姿を武器に、彼女をとっかえひっかえしているという話で、十五歳現在で付き合った彼女の数は両手で足りないと言う。ナナンは、国王をはじめとして、恋愛におおらかな国だからな」

「え？　そんな女性にだらしない方を陛下に宛《あて》がおうとしてたのですか？」

カーイの返答に、ジェスが吃驚《びっくり》した顔で聞き返してきた。

何をそんなに驚くところがあるのか、カーイには理解できない。

「あの陛下を妻にして、浮気なんてする必要はないだろうが」

他の十把《じっぱ》一絡《ひとから》げな女の子とカーイの自慢の女王陛下を同一視して貰《もら》っては困る。

「…………あ、ハイ」

なんとも微妙な顔でジェスは頷いた。なぜだ？

そこを追及するより、先にカーイは他のことに気づいた。

「そう言えば部下の報告では、女にだらしない以外は、頭も悪くないし、武芸もそこそこできて、王配候補としては及第点の人物だったはずなんだが……」

顔は文句ない。

天使か妖精かと言われるレナと並んで遜色《そんしょく》がないというのは、かなり凄《すご》い。

愛嬌があるのも、他国から婿入《むこい》りする〈王族〉としては大事なことだ。

アリアの従兄《いとこ》のグゥエンダル・バンディ侯爵みたいな、常に〈貴族〉風をふかすようないけすかない野郎だと、レナの女王としての評判さえも傷つけかねない。

庶民的《しょみんてき》な話し方も、〈貴族〉達にはともかく、国民には受けるだろう。

ひいひいひいお祖母様とやらがミルナートの平民だというのも国民が彼を受け入れやすい。

――末っ子気質の甘えたな性格は、両親や兄達庇護者から遠く離れて鍛《きた》えればどうにでもなるものだろうし。天真爛漫《てんしんらんまん》すぎて無神経でバカに見えるところも、地頭さえ悪くなければどうにでもなる。

そして、ナナン在住の部下の報告を信じれば、デヴィ殿下の地頭は悪くない。

カーイは、レナの王配候補にデヴィ王子を選んだ自分の選択は、少なくとも最悪ではなかった……と考えようとした。

――最悪ではない。とりあえず。レナとも話が合うようだし。

その話が合った理由が己にあるという点を棚上げして、カーイは良かった探しをしている。

「それで?」

「それで、とは?」

「どうなさるんですか、デヴィ殿下の求婚」

「どうもこうも、男同士で結婚なんざできるわけがねぇだろうが」

つい地が出た。

「……閣下は同性愛に寛容だったのでは?」

「男同士だろうと女同士だろうと一緒にいて幸せなら、それはそれでいいと思う。俺的には国民の家庭生活が円満で、それぞれの仕事に支障が出なければ、恋愛は自由だろとしか言わない」

と、カーイは持論を展開した。

〈地母神教〉の教父や教母は目を三角にするだろうが、信仰でどうにもならないものがあるのをカーイは知っている。

〝地母神様は、人々がお互いに慈《いつく》しみ合い、助け合って仲良く生きることを推奨していましてよ～、カーイ〟

腹が立つことにアリアのドヤ顔を思い出した。

だが、アリアにしては珍しくまともなことを言っている。

人々がお互いに慈しみ合い、助け合って仲良く生きることができるのであれば、男同士だろうと女同士だろうと、思う存分好きに恋愛して、家庭を築いていいと思う。

地母神様だって、それに異存はなかろう。戦争を憎み、大地に血が流れることを一番嫌う神様なのだから。

「だが、俺は、男に言い寄られて喜ぶ性癖は持ち合わせていない！」

カーイがラース前国王にあまりに忠誠を誓っているので、二人がそういう関係だったのではないかと下世話なことを言い出したバカ〈貴族〉が王宮に来た当初は複数いたが、ざけんなと全員殴《なぐ》り倒《たお》した。

恋情を下に見るわけでも性愛を否定するつもりもないが、自分とラースは実際にそういう関係ではなかったから、〈貴族〉達の下卑た噂話の種にはされたくなかった。

親のいない三歳の〈魔人〉と七歳の親に打ち捨てられた王子は、二人ぼっちで生きてきた。どんな思いでどれだけ苦労して自分達だけで大きくなったのか。

——きっと誰にも理解できない。

出逢ってから、彼が亡くなるまで、カーイは何もかもラースと二人で分け合ってきた。

——分け合わなかったのは、恋人くらいだ。

あとはラースの妻となったアリア。

そして、ラースが死んだあとに生まれたレナ。

〝ねぇ、カーイ。あなたはレナには政略結婚を押しつけようとするくせに、自分は政略結婚はできないと？　それはずいぶん勝手じゃなくって？〟

今日のアリアは鋭かった。

〝王の結婚は、国のためにするものなんだよ。国王の幸せのためにするものじゃない〟

〝国民を、幸せにするためのものなんだ〟

ラースはそう言って、セレー帝国の擁護《ようご》を求め、セレー皇帝が持て余すくらい評判の悪かったアリアを妻に娶《めと》った。

それがラース個人の幸せにとって最善の選択だったのか、解らない。

ラースは結婚の翌日には亡くなっていたから。

ただ、ラースがセレーの皇女を娶ったことで、当時のミルナートが助かったのは事実だ。

結局、ラースの言う通り、君主の結婚は君主個人の幸せより、国民の幸せのために行うものなのだろう。

そう理解してはいるが、カーイはレナに幸せになって欲しい。

ミルナート王国にとっても、レナ個人にとっても、幸せが約束された結婚をして欲しい。

そのために、カーイはどんな努力も惜しむつもりはない……。

「……デヴィ殿下の真意が解らんな。元々同性愛者と言うなら百歩譲《ゆず》って本気の求婚と考えられなくもないが」

「昨日まで女王陛下が穏便に殿下からの求婚を断る方法を悩んでいらっしゃったように、あちらももしかしたら穏便にこの結婚話が流れることを期待し……、閣下？」

「なるほど、たかだかナナン王国の第十二王子風情《ふぜい》が、うちの女王陛下に不満があると……」

胃の底から怒りがフツフツと沸《わ》いてくるのをカーイは感じた。

どういう意図でレナをすっ飛ばして自分に求婚するのかと謎に思っていたが、縁談を壊すためか。

そう言われれば確かにそれしかない。

それ以外に自分のようなオッサンに求婚する必要はない！　——と、カーイは確信した。

レナあたりが聞けば、軽く一時間は否定の言葉を紡《つむ》いだだろうが、カーイにはナルシストの気がまるでないので、ジェスの推測に何度も頷いた。

こんな簡単なことをジェスに言われるまで気づかなかったとは、己がアホすぎる。

「いや、あの、これは、閣下、わたしのただの推測で」

何やら妙に焦《あせ》った様子でジェスが言うが、何を焦っているのか解《げ》せない。

カーイはジェスを安心させるために微笑《ほほえ》んだ。

「いやいや、十分考えられる推測だ。貴重な意見をありがとう、ジェスリン・シラドー」

笑顔で礼を言ったのに、ジェスはなぜか獰猛《どうもう》な犬にでも吠《ほ》えられたかのような顔をした。

⑥

「スズお祖母様から、カーイ・ヤガミ海軍元帥がどんなに凄《すご》い船乗りで、どんなに凄い武人で、凶悪《きょうあく》な海賊《かいぞく》達をいかにやりこめたか、いっつも聞いていました」

女王主催のデヴィ王子歓迎晩餐会《ばんさんかい》にカーイは姿を現さなかった。

頭痛が酷《ひど》いので欠席するとジェスが伝令にきた。

外国の〈王族〉を招いた晩餐会や午餐会では、平民出身のカーイが同席するのを嫌う人もいるので、彼が欠席するのも珍しくはない。

準備だけは一分の隙《すき》もなく万端に整えられている。

レナは主催と言っても、ただ、デヴィ王子と歓談するだけだ。

母は「まあ、逃げたのねぇ～」と笑みを浮かべたが、レナとしてもカーイの誠意のなさに少し残念な思いがする。

――それにしても、ひいひいひいお祖母様が、カーイが海賊退治をした頃のことを知っているって……？

「まぁ……。スズお祖母様は、今年」

「百五歳です！　死ぬほど元気です！」

レナの質問を遮《さえぎ》ってデヴィ王子は答えた。

庶民的表現なのか、〈死ぬほど元気〉とはどういう状態か、レナにはよく解らなかったが、デヴィ王子がニコニコ笑って言うあたり、おそらくとてもお元気なのだろう。百五歳でも。

「……殿下」

晩餐会の席でも後ろに控《ひか》えている黒スーツの女の人に小さく忠告される。

「あ、ごめんなさい。ボク、すぐ人の話を遮っちゃって。礼儀がなってないって大兄上にもよく叱《しか》られるんです」

「大兄上？」

「ボクの十歳上の兄です。ボク、十一人も兄がいますでしょう。一番上の兄とは二十一歳も離れていて、呼び名は王太子殿下。二番目の兄はボクが生まれる前にユニーナの女王様に婿入《むこい》りしたのでユニーナ兄上。三番目の兄は病気で亡くなって、四番目は侯爵家に婿入りしたので侯爵兄上、五番目と八番目の兄はそれぞれ駆け落ちして城を出たので呼び名がありません。六番目の兄はグノアの伯爵家に婿入りしたので伯爵兄上、七番目は画家になったので画伯兄上、九番目が大兄上で、十番目の兄は中兄上、十一番目を小兄上と呼んでます」

「そんなに王子が多いと、王位争いも大変でしょうね」

皮肉っぽい声音で口を挟《はさ》んだのは、母の従兄のグゥエンダル・バンディ侯だ。

彼の父親が双子《ふたご》の弟と帝位を争って敗れたのは有名な話である。

「あ、うちでは、王位は争うものじゃなくて、押しつけ合うものなんでー」

ハハハっと軽やかにデヴィ王子は笑った。

「父上は、今すぐ退位して王太子殿下に王位を譲る！　と言うのが口癖だし、王太子殿下は殿下で、自分は国王なんて向いてないんだ！　って叫んで、画伯兄上やら大兄上やらに王太子の職を押しつけようとしているんですけどー、他の兄上達もそんな面倒な仕事はしたくないって言って、最終的に年長者だからって王太子殿下が王太子殿下の職を続けてるんですー。まあ、殿下のお母様である第一王妃様がナナンでは真の権力者だったりしますしねー」

第一王妃様の産んだ長子が、ナナンの王太子だ。

他の兄達は〈兄上〉と呼べるのに、一番上の兄だけは〈王太子殿下〉と他人行儀なのは、デヴィ王子が第四王妃の息子というせいもあるのだろうか。

そうは言っても、デヴィ王子はわりと家族とは円満な関係を築いているようだ。

「ほう……」

侯爵は、気分を害したと言いたげな声を出した。

白いナプキンで何もついていない口元を、いかにも〈貴族〉らしい仕草で拭《ぬぐ》う。

「だが、君はこのミルナートの王配になろうとやってきたわけだね、面倒な仕事だろうに」

「あら、デヴィ殿下はわたくしの王配にはなりませんわよ」

「へ、陛下っ！」

なぜかデヴィ王子は焦った声をあげた。

しかし、構わずレナは続けた。

「デヴィ殿下はわたくしより、カーイと結婚したいんですって」

「は？」

いつもイヤミったらしい斜《しゃ》に構《かま》えた表情の従兄伯父の顔が間の抜けた顔になった。

さすがに想定外だったらしい。

「そうなのよ～、お従兄様《にいさま》。あたくしも、カーイもレナも吃驚《びっくり》したわ～」

『殿下！』

ビリビリと痺《しび》れるような雷に似た大きな声がレナ達の傍《そば》に落ちた。

デヴィ王子の背後に立っていた黒スーツのお付きの女性が、ブルブルと震えている。

『あなたは、なんと言う……！』

怒りで言葉にならないようだ。

『そんな怒らないでよ、スズお祖母様。これはスズお祖母様のためなんだから』

デヴィ王子が、雷を落とした黒スーツの女性に向けて唇を尖《とが》らせる。

――スズお祖母様……？　スズお祖母様って、今年百五歳の、殿下のひぃひぃひぃお祖母様じゃなかったかしら……？

レナはデヴィ王子のお付きの女性を二度見した。

スーツの襟《えり》から微《かす》かに見える首や口元などには確かに皺《しわ》はあるが、武術をきちんと修めた人らしいピンと伸びた背筋をして、肩先で切りそろえられた髪の毛は黒くフリフサで、どんなに年嵩に推測しても五十代そこそこだ。

レナが想像する百五歳のヨボヨボの老女とは、あまりにもほど遠かった。

「――レナ女王陛下」

黒い大ぶりのサングラスを取った彼女はレナのほうを向いて、武人らしい所作で一礼した。その顔には額から頬にかけて大きな傷が走っていたが、やはり五十代にしか見えない。

「身分低き者から声をかける無礼を、どうかお許し下さい」

「許します」

レナが即答すると、そそっとレナの傍まで走り寄り、レナの足下に正座した。

「あたしはデヴィの高祖父《こう》の母にございます。デヴィが生まれた時に諸事情《しょ》で彼の養育係を拝命し、今回の貴国訪問では、あたしの母国ということもあり、筆頭護衛官の任務を賜《たまわ》りました」

――ひゃ、百五歳で養育係？　あ、養育係は十五年前だから九十歳ですわね。でも、百五歳で筆頭護衛官……？

「お恥ずかしながら、デヴィはちょうど反抗期で、国王陛下の命《めい》に従うのが面白《おもしろ》くないらしく、陛下と摂政《せっしょう》代行閣下《かっか》に大変失礼なことをしでかしたようです。誠《まこと》に申し訳ございません」

『違うよ、スズお祖母様！　父上は関係ない。反抗期とかそんなんじゃないんだ。ボクはスズお祖母様のために』

『あたしのために？　あたしに黙って何を勝手なことを！』

『あとでちゃんと説明するから、もうスズお祖母様は黙っていてよ！』

ミルナート王国語では甘えたな感じで話すデヴィ王子が、自国語ではなんだかきつい口調で話している。

——あんなにスズお祖母様のことを怖がっていたみたいだったのに。

それに何より〈スズお祖母様のために〉という言葉が気になる。

カーイと結婚することがどうしてデヴィの高祖父の母のためになるのか、ぜんぜん解らない。

「ごめんなさい、陛下。スズお祖母様は年寄りだから、変に頭が固いし、心配性だし……晩餐会を台無しにしてごめんなさい。皆さんもすみませんでした」

ただでさえ小動物か人形かと言うほど可愛《かわい》らしいデヴィ王子にしゅんとした様子で謝られると、なんとも文句の言いにくい空気になる。

『スズお祖母様、今日は退散しましょう』

『デヴィ、お前……』

九十も年の離れた親族あるいは主従と言うべきか。

突然力関係が逆転したことに、老人のほうが戸惑っている様子が伝わる。

二人は一礼すると晩餐の間を出て行った。たくさんの謎を残して。

⑦

件《くだん》の晩餐会《ばんさんかい》から数日後、レナはデヴィを連れてジェスの部屋を訪れた。

ちなみに外国人を連れているので、今日は秘密の通路ではなく普通に表側の廊下からの訪問である。

「デヴィがどうしてもジェスに会ってみたいと言うの。今夜はデヴィも一緒でいいでしょう？」

「は、はぁ……」

ジェスはちょっと戸惑ったようだが、すぐに表情を改め、レナの隣に立つデヴィに宮廷儀礼に則《のっと》った挨拶《あいさつ》を述べた。

「陛下の近衛騎士団員ジェスリン・シラドーと申します。お見知り頂ければ幸いに存じます」

そんなジェスを小柄なデヴィが見上げて、しみじみと言った。

「レナの言う通り、凄《すご》いハンサムだねぇ……」

「そうでしょう！」

レナはデヴィが男装のジェスに眉《まゆ》を顰《ひそ》めることなく、素直に褒《ほ》めたことが嬉しくてにっこり笑った。

「でも、ジェスは顔だけじゃなくて、性格もとっても素敵で優しいの」

言いながら勝手知ったる親友の部屋の中に、デヴィを連れて入る。

デヴィが来てからその応対に追われて、ジェスの部屋に来るのは久しぶりだ。

また、カーイがジェスを連れて「近衛騎士団の特別訓練をしますので」と、関係者以外シャットダウンした訓練に入ったため――レナの母アリアは「逃げ回ってるわねぇ～」と評したこのところレナは彼女とまったく会えないでいた。

「あと武術の腕前はカーイが認めるほど凄いのよ」

レナはいつものソファーに座り、その隣へデヴィに座るよう勧める。

ジェスは部屋の隅《すみ》の簡易キッチンでお茶の準備を始めた。

「閣下《かっか》が認めるほど！　へぇ……」

目を丸くしてデヴィはお茶を煎《い》れるジェスを見詰める。

「ようやく及第点を頂《いただ》いたというところです。まだまだ修行が足りません」

ジェスがお茶の入ったカップをデヴィの前に置きながら、困り顔で言う。

そんな謙遜《けんそん》しなくてもと、レナは思うが、ジェスが理想とするカーイ・ヤガミの武術の腕前が凄すぎるので、そう控《ひか》えめになるのだとも思う。

「ボクは武術はあんまり得意じゃないんですよー。父上も兄上も姉上もみーんなボクの可愛《かわい》い顔に傷が付いたらどうするんだって言うものだから」

ジェスの言葉にそう言うと、エへっとデヴィは笑った。

それにジェスは訝《いぶか》しそうに首を傾《かし》げた。

いざという時のために〈王族〉は護身術以上の武術を身に付けるのが普通だからかしらと、レナはジェスの様子に対して思う。

「あら、わたくしも同じような理由で、カーイやお母様から棒術は止められましたわ」

「レ、レナ様の場合は……棒術以外の護身術が大変お得意でいらっしゃるから……」

出逢って間もない頃のことを思い出したのか、ジェスが引きつった顔で言う。

「え、でも、ジェス。わたくしは、棒術もやってみたかったのよ」

レナは慌てて話を逸《そ》らした。

デヴィに、あの武勇伝を語られるのはちょっと避けたい。

うら若き女王の行動として、あんまり外聞のいい話ではない。

「カーイが棒術の技を振るっている時って、凄くカッコイイでしょう？」

レナ的にはいつもカーイはカッコイイが棒術の試合の時は三割増しでカッコイイと思うのだ。

「だから、カーイに稽古《けいこ》を付けて貰《もら》いたかったの。でも、もし、顔に傷がついたら大変だって。女王陛下の見た目が悪くなるのは、国民が喜ばないぞって言うのよ、カーイ」

それを言うならカーイだって完璧《かんぺき》な造形物たる己《おのれ》の顔に傷が付くことをどう思ってるのよとレナとしては訴《うった》えたい。

だが、カーイの顔に傷を付けられるだけの猛者《もさ》がいない現状では、あまり意味のない問いかもしれない。

そもそもカーイは軍人だ。顔に傷が付くとかつかないとか、そんなことを問題にしたら「俺は軍人だ！　傷の一つや二つ、なんの問題があるんだ」と、怒られそうな気がする。

「……見た目が悪いと、国民が喜びませんかー？」

デヴィは暗い顔で問う。

その問いにレナは少し眉根を寄せた。

レナ的には微妙な話題なのだ、これは。

「わたくしのお父様がそう言ってたんですって」

それを語った時の静かに怒りを抑えていたカーイの横顔を、レナは今も覚えている。

レナの父には生まれつき顔に大きな痣《あざ》があった。

ただそれだけで、レナの父は家族から……いや、この王国から全否定されたのだと。

——カーイが差別をことさらに嫌うのは、お父様のことがあるからね、きっと。

「お父様は……ご存じかもしれませんけれど、生まれつき顔に痣があって、それが醜《みにく》いからって王宮から遠ざけられて育った方だったの」

カーイをはじめとする周囲の話を総合すると、当時、羽振りの良かったセレー帝国の庇護を得るため、父はセレー帝国で問題児だったアリアをあえて妻に迎えたらしい。

——でも、お母様は、顔だけは今でも世界一の美女とか言われるくらい良かったから、お父様としては、お母様との結婚は悪くない選択と思ってたわよね、きっと。

〝国王の醜さを、王妃の美貌《びぼう》が補ってくれるよ〟

父はそう考えたのだと言ったのは、カーイだったか、他の人だったか。

どちらにしろ父は、母のことをまったく気に入っていなかったわけではない——そう、レナとしては信じたい。

政略結婚であっても両親は互いにそれなりの好意を持っていたから、自分は生まれたのだと。

「——でも、可愛いだけで喜ばれるのもどうかと思うんですよね、ボク」

生まれた日から可愛いだけで喜ばれてきたであろうデヴィが、いきなりそんなことを言った。

思わずレナは彼の顔を見直す。

——そう言えば、この人、見た目よりずっと真面目な人だったわ。

「わたくしもそう思うわ。だから、たくさん勉強しているの。立派な女王になるために」

レナの答えにデヴィは目を瞬《しばたた》いた。

今度はレナがマジマジと二度見される。

「……どうして、そんなに驚くの？」

自分のことを棚に上げてレナが問えば。

「レナはいつもカーイ閣下の話しかしないから、それ以外のことは考えてないいんだと」

「し、し、し、失礼ね！」

——確かに、確かにカーイの話ばっかりした記憶はあるわ。あるけれど！　でも！　デヴィだって、カーイのことばいっぱい聞きたがったじゃないの！

レナが顔を真っ赤にして言葉をなくしているのを、ジェスとデヴィが二人して笑いを噛《か》み殺《ころ》している。酷《ひど》い。

「と、ところで、レナ様は今までデヴィ殿下とご一緒だったのですか？」

レナの様子に、ジェスが話を変える。

件の公式晩餐会直後は、デヴィ王子殿下が同性のカーイ摂政《せっしょう》代行閣下に求婚したという驚愕《きょうがく》のニュースで、王宮と言わず王都中がひっくり返った。

しかし、デヴィ王子殿下に対して最低限のこと以外はスルーしまくる摂政代行閣下と、やたらと一緒に行動するレナを見て「まあ、陛下と殿下のお見合いは、結局上手《うま》く行ったようですね」というのが、大方の見方になっているようだ。

——わたくしとしては、単にカーイの格好良さを思う存分語り合える相手を見つけただけなんだけれど。

ジェスにもカーイの格好良さは語れるが、恋愛に根本的に興味のないジェスは、語っても少々盛り上がりに欠ける。

カーイの武術面の凄さではレナをも圧倒するほど、ジェスも熱く語ってくれるのだが。

——わたくしが、そこにはついていけないし。

だから棒術とかも習いたかったのにと改めて思いながら、レナはジェスの質問に答えていないことに気づき、慌てて返事をした。

「ええ。わたくし、デヴィと気が合うの」

カーイが好きという点で――と、まではさすがにレナも口に出さなかった。が。

「レナにカーイ・ヤガミ摂政代行閣下ファン二号と認めて貰ったんですよー」

これでは、デヴィがバラしたも同然である。

そんなレナ達に、ジェスは「あ、そうなんですか」と、微妙な表情で相槌《あいづち》を打った。

――まさか、ジェスまでわたくしがデヴィに心変わりしたと思っていたのかしら？

そんなことはないと、レナはジェスに熱弁を振るった。

「デヴィのひいひいひいお祖母様は、海賊《かいぞく》退治時代のカーイのことをよく知っていて、デヴィにたくさん話してくれたんですって。おかげでわたくしの知らなかったカーイの話をいっぱい教えて貰えたの」

だから、わたくし達、一緒にいてもカーイの話しかしてませんから！　――という意味を込めてレナは言った。

「ひいひいひいお祖母様とは、あの黒髪の……？」

ジェスも彼女のことは知っていたようだ。

デヴィの高祖父の母を名乗る百五歳のはずの老女は、どう見ても五十代にしか見えず、王宮のご婦人方を震撼《しんかん》させていた。

若さの秘訣《ひけつ》を問われて「筋トレです」と回答したとかで、レナの母も最近美容体操に加えて腹筋に勤《いそ》しんでいる。他のご婦人方も多かれ少なかれ筋トレを始めたらしい。

腹筋を鍛《きた》えて顔の若さが保てるものなのか、レナ的にはその因果関係が腑《ふ》に落ちないのだが。

「あの方は」

「この部屋、窓はないんですか？」

ジェスの問いを遮《さえぎ》って、唐突にデヴィが言った。

「ま、窓なら、隣の寝室にありますが」

「ボク、今日、晩餐で頂いたワインに酔ったのか、ちょっと頭がクラクラするんです。少し、風に当たっていいですか」

「はぁ……」

窓のある部屋は、わたしの寝室ですが——と、言いたそうなジェスの顔にレナも助け船を出した。

「気分が悪いのなら、デヴィ、もうお部屋に戻ったほうが良くない？」

いくらジェスが男装の麗人であっても、男爵令嬢であることは間違いない。

婚約者でもない異性を寝室に入れたくはないだろう。そう思ったのだが。

「いいえ、本当にちょっと風に当たれば平気です。ジェス、ごめんなさい、向こうの部屋に入って良いかな？」

デヴィは人なつっこい顔でジェスに頼んだ。

外国の王子にそこまで言われると、ジェスも断りようがなく。

「どうぞ」

と、ドアを開けた。

デヴィはパタパタと窓に駆け寄り、大きめの窓を全開した。

涼しい夜風が部屋の中に入ってくる。

「あ！」

窓から下を覗《のぞ》いていたデヴィが突然大声をあげた。

「どうしたの、デヴィ？」

下を見て逆に気分が悪くなったのかしらとレナが心配して尋ねると。

「カーイ閣下が歩いていらっしゃる」

「カーイが？　こんな時間に？」

ぴょんとレナは立ち上がった。

──どうしたのかしら？

窓の下を見ようとパタパタとレナもデヴィの傍《そば》に寄った時、不意に体が浮いた。

「デ、デヴィっっ！」

掬《すく》い上《あ》げるようにレナの体を横抱きにしたデヴィは、猫のような身軽さで窓の桟《さん》に飛び乗った。

この部屋は三階である。

窓の桟は細く、窓の外に柵《さく》やバルコニーなどはなく、ちょっとでもデヴィがバランスを崩せば、二人揃《そろ》って地面まで真っ逆さまだ。

「デ、デヴィ殿下！　いったい何をなさっているんです！　レナ様を下ろして下さい」

「近づかないで、ジェス！　下手《へた》なことをすれば、レナを窓から投げ捨てるよ」

「！」

突然人が変わったかのような冷酷《れいこく》なデヴィの言葉に、ジェスが青い顔をして立ち竦《すく》む。

「デ、デヴィ……、あなた……」

——いったい何なの、急に⁉

思えばデヴィは最初からずっとレナの度肝《どぎも》を抜きっぱなしだった。

——同性なのにカーイに求婚するとか、カーイに求婚するとか、カーイに求婚するとか！

だが、そんな彼が、まさかこの愛嬌の塊のような王子が、自分を殺そうとするなどレナは一度も考えたことがなかった。

デヴィの母国ナナン王国とレナのミルナート王国の仲は良好だ。

ナナンの第十二王子たるデヴィがレナを殺害するメリットは一つもない。

——カーイと結婚するのに、わたくしが邪魔だと思ったのかしら……？

しかし、レナはカーイに残念ながら——非常に残念ながら！　——まったく相手にされていないので、デヴィの恋敵《こいがたき》にはなりえないと思うのだが。

「ねえ、レナ。ボクにカーイ閣下を譲《ゆず》ってくれない？」

思うのだが、細い窓の桟の上で器用にバランスを取りながら、デヴィはレナに尋ねてきた。まるでお茶会で一つ残ったお菓子をねだるような気軽さで。

「え？」

「レナは立派な女王様になれるようたくさん勉強しているのでしょう？　レナはナナン王国語も完璧だし、その他の国の言葉もできるくらい頭がいいから、きっと立派な女王になれると思う。優秀な摂政代行閣下がいなくてもね。でも、ボクにはどうしてもカーイ・ヤガミ閣下が必要なんだからさー」

いや、自分だってカーイは必要だ。絶対に必要だ。

そうレナは思う。思うが、何よりも。

「……そ、それは……わたくしの一存では決められないわ」

レナの元に残るか、デヴィと共にナナンへ行くか。

それはカーイが選ぶことであり、レナにはどうすることもできない。

「そうかな。レナの命令なら、摂政代行閣下は応じると思うよー？」

「そんなことはないわ。カーイを動かせるのは……死んだお父様だけよ」

カーイにとって、一番大切なのはレナの父。

今まで何度そのことを思い知らされたか、レナはもう覚えていない。覚えてはいられないほど何回も何回も思い知らされたのだ。

「そんなことないと思うけどなぁ。じゃあ、試してみようよー」

「試す？」

レナが瞬いた次の瞬間には、もうデヴィはポンと窓の桟を蹴《け》り出していた。

「キャ――――――――!!」

レナは情けない悲鳴をあげた。

こんなところでこんな風に、この相手と一緒に死ぬことになるとは、レナはまったく考えてもみなかったことだった。

8

「デヴィ殿下に女王陛下を攫《さら》われました」

「何だと!?」

ジェスの報告にカーイは吠《ほ》えた。

「ジェス、お前がいながらどうしてそんなことになったんだ？」

「申し訳ございません、閣下《かっか》。あの殿下は、わたしの部屋から女王陛下を抱いたまま、飛び降りたのです」

一瞬、カーイは固まった。

「――三階の窓から？　レナを抱《かか》えて？」

それで二人とも無事だったとすると、常人技とはとても思えない。

「はい。陛下を返して欲しければ、王宮の裏の森の洞窟前《どうくつまえ》まで閣下に来るようにと」

「裏の森の洞窟？　ルアードがバカをした所か。なんだってそんな所に……」

ミルナート王宮の北に広がる丘陵《きゅうりょう》と森林からなる広大な土地には道がない。

カーイが元々あった道を潰《つぶ》した。いざと言う時に追っ手を撒《ま》いてレナを逃がすことを考えて。

――これだけ政権が安定していると、もうレナを逃がす機会などなさそうだが。

そんなことを思っているカーイにジェスがそっと私見を述べる。

「ナナンの〈王族〉は水の〈魔力〉が強く出る方が多いと聞いております。人目に付かず水脈のある所、という選択肢《し》かと」

言われてみれば、なるほどと思う。

王宮の近辺で水の〈魔力〉が振るえて人目に付かない所を探せば、あのあたりになるだろう。

三階から飛び降りて平気だったのも水の〈魔力〉で何か対処したのかもしれない。

その手の〈魔力〉が使えないカーイには、予想もつかないが。

「あのバカ王子、縁談を壊したいだけじゃなかったのか！」

縁談を壊したいだけなら、レナを人質に取る必要がない。

カーイ自身をナナンに招《まね》きたいのだとしても、やり方が最悪だ。

公式晩餐会《ばんさんかい》での出来事も気になる。

「とにかく呼ばれたからには行くしかないな。――ジェス」

「はい」

「デヴィ殿下の高《こう》祖父の母を連れてきてくれ。俺は先に行く」

二本の軍刀をいつものごとく腰に装備して、カーイは裏の森へ向かった。

⚓

「わー、もう来た！」

カーイが声のした方向にカンテラを向けると、デヴィ殿下が己《おのれ》の腕の中でぐったりと気を失っているレナの頬にナイフを向けているのが見えた。

「デヴィ殿下！」

「やあ、カーイ・ヤガミ閣下。君があんまりボクから逃げ回るものだから、痺《しび》れをきらしちゃったよ」

笑っているが、ナイフの刃は今にもレナの細い首の頸動《けいどう》脈《みゃく》を裂きそうな場所にある。

「――何をしているんですか？」

怒りに血が沸騰《ふっとう》している。

あと少しでも理性を失ったら、自分は〈獣《けもの》〉に戻るだろう――そんな予感が頭を掠《かす》める。

「そろそろプロポーズの返事を貰《もら》えるかなー？」

「その話はお断り済みです」

カーイは反射的な速さで即答した。

あの話に考慮《こうりょ》の余地などなかった。彼がレナに刃を向けた今となっては、未来永劫《えいごう》カーイはデヴィ殿下を許すつもりはなかった。

しかし、デヴィ殿下は空気を読まない。あえて読んでないのかもしれないが。

「では、改めてプロポーズするね。可愛《かわい》い女王陛下の顔に醜《みにく》い傷を残したくなかったら、カーイ・ヤガミ閣下、ボクの求婚を受けてくれるかなー？」

「――は？」

先日、正式な摂政《せっしょう》の認可が必要な書類を持ってアリアの部屋を訪れた時、カーイはアリアから正しいプロポーズのしかたを耳タコなくらい聞かされた。

一つ、服は一番良い物を着ること。喪服《もふく》なんてとんでもない。

一つ、赤かピンク、または白の薔薇《ばら》の花束は必須。本数は多ければ多いほど良い。

一つ、相手の足下に必ず跪《ひざまず》いて申し込むこと。

それが本気の求婚の作法というものらしい。

――なるほど。

デヴィ殿下はいつも王子らしく、品の良い服を着ている。今夜もだ。

腕の中には千本の薔薇の花束にも勝《まさ》るレナ。

そして、格好はまあ、跪いているとは言えよう。気を失ったレナを横抱きにして、その顔にナイフを当てるためとは言え。

とりあえず本気の求婚らしい。アリアの言葉を信じて良ければ、だが。

「――あんたは異性愛者だと聞いていたんだが」

「うん。別に男が好きなわけじゃないよ。でも、外国人で〈貴族〉でもないあなたをナナン王国の国政に参加させるためには王族の配偶者の肩書きは必須だ。姉上方が尻込みしなければ、姉上に求婚させたんだけど、まあ、レナみたいな特上の可愛い子を見慣れている閣下の花嫁《はなよめ》に立候補するのは勇気が要《い》るよね」

「俺を？　ナナンの国政に？」

なんの話かさっぱり解らない。

『デヴィ、お前、何してるんだい！』

そこへバタバタとデヴィ殿下のひいひいひいお祖母様がやってきた。なぜか彼女を連れてくるように頼んだジェスがいない。

『陛下になんてことを……！　気でも狂《くる》ったのかい？』

『ボクはただ、老い先短いスズお祖母様の復讐《ふくしゅう》の手助けをしようと思ったんだよー』

「復讐……？」

カーイはデヴィ殿下の高祖父の母で筆頭護衛官でもある女性を見遣《みや》った。

彼女はフーッと肩から溜息を零《こぼ》して、カーイを向いた。

「……あたしゃ、昔、イホン海峡《かいきょう》で海賊《かいぞく》をしていたのさ。あんたが海賊討伐《とうばつ》をし始めた頃は、孫夫婦に船を任《まか》せて、陸《おか》に上がってたけどね」

――スズという名前の女海賊の名前が、確かにブラックリストにあったが。

カーイは目の前の女性を凝視《ぎょうし》した。

七十年以上前、イホン海峡を荒らした女海賊とはとても思えない。

本当にあの記録上の女海賊なら、百歳を超えるはずだ。

しかし、目の前の女性は五十代そこそこの若さと武人らしい気を全身から放っている。

――御年百五歳のひいひいひいお祖母様か……。

「……俺はあんたにとって、孫一家の仇《かたき》というわけか」

「いんや」

黒スーツの老女――と、呼ぶには背筋がしゃきんとしすぎているが――は首を振った。

「何十年ぶりにミルナートに来て、吃驚《びっくり》したわ。あたしやあたしの子供、孫の時代には、〈貴族〉に生まれなければ、海賊にでもなるしかなかった国が、どうだい。店は増えているわ、町は賑《にぎ》やかだわ、人々は皆、笑っているわ……。ああ、あたしの孫達や仲間達が、狩《か》られたのもしょうがないって思えた。こんな美しく豊かな国を作るのに海賊はいてはいけなかったんだって」

『スズお祖母様！』

スズの言葉に、デヴィ殿下が悲鳴のような声をあげる。

『お祖母様はいつも言ってたじゃないか！　海賊になるしか道を用意してくれなかったくせに、海賊になった者達を狩ったミルナート王国が憎いって！　だから、ボクはこいつをナナンのために働かせて、ナナンをミルナート王国より豊かな国にしようと思ったんだよ！　それが、こいつにもミルナートにももっとも効果的な復讐だってね！』

カーイは驚いた。

目の前の少年をすっかり舐《な》めていた。

見た目や最初の言動から、ただの甘えん坊の末っ子王子、可愛《かわい》がられただけの王子だと思っていたが、どうしてどうして陰険《いんけん》な方向に頭が回る。

『あんたに年寄りの繰《く》り言《ごと》を聞かせたのは、悪かった。百年も生きてやっと解ったのさ。あれは必要なことだったって』

『そんな……！　じゃあ、ボクはなんのために、ナナンを出て、ミルナートまで来たんだよ⁉』

『レナ女王陛下の王配になるためさ。……まあ、こんなことをしでかしたら、王配にはもうして貰えないだろうけどね』

言いながら、スズはチラリとカーイを見遣った。

カーイはもちろんと頷く。

こんなことをしでかしたデヴィ殿下を大事なレナの王配になどできるわけがない。

『……スズお祖母様は知っているよね、カーイ・ヤガミを配偶者として連れ帰るぐらいのことをしなければ、ボクにナナンに帰るすべがないことを』

——ナナンに帰るすべがない……？

国王からも兄王子、姉王女からも、国民からも溺愛された末っ子王子が、いったいなにをしでかしたら、国へ帰れなくなってしまったというのだろう？

——今、現在、レナを人質に取って俺を脅《おど》しているという、故国に帰れなくなるほどの重大犯罪実行中ではあるが。

それとは別件のような口ぶりだ。

『……レナ女王陛下をカーイ閣下にお返ししなさい。これ以上、ミルナート王国にご迷惑をかけるわけにはいかないよ』

『スズお祖母様は、お祖母様は国を追われたこと、自分の船と孫達を何人も失ったことを、もうどうでもいいと思ってるの？　スズお祖母様が……お祖母様が、ナナンに来なければ、ボクは生まれなくて済んだのに！』

十五歳の少年のものとは思えない悲痛な叫びが響いた。

心臓を刺されたかのような顔でデヴィ殿下の高祖父の母は完全に固まった。

「……デヴィ……」

その時、今まで気を失っていたレナが目を覚ました。

「どうしたの……？　何を泣いているの……？」

ナイフを突きつけられているのを気づいているのかいないのか、心配そうにデヴィ殿下を見遣る。

「！」

さっと手の甲で涙を拭《ぬぐ》うと、デヴィ殿下はそんなレナに対して怒鳴った。

「レナって、ばっかじゃないの！　ボクは君を人質に取って、君の大事な摂政《せっしょう》代行閣下に求婚している最中だってのに、なんでボクの心配なんかしてんだよ!?　お人好しにもほどがあるよね！」

「でも、デヴィ、凄《すご》くつらそうな顔をしているわよ？」

自分にナイフを向けている相手に臆《おく》することなく、レナは手を伸ばす。

デヴィ殿下の宝石のような瞳から新たに零れ落ちた涙を、レナの細い指が拭う。

「……ボ、ボクは！　レナの顔に醜《みにく》い傷を付けられたくなかったら、カーイ・ヤガミ摂政代行閣下はボクの配偶者にならないといけないって脅したんだ」

デヴィ殿下のこの告白に、レナは恐《おのの》れ戦くかと思いきや、紫水晶みたいな瞳を大きく大きく見開いて。

「まあ……！　わたくしの顔に醜い傷が付くことなんて、カーイは気にしないと思うわ」

――レー、ナー……っっ‼

カーイは地面にのめり込むほどにしゃがみたくなった。

――気にする！　気にするに決まってる‼　なぜ、それが解らない⁉　以前、顔に傷がついたらどうするんだと、棒術の稽古を断っただろうが!!!

カーイは心の中で歯ぎしりした。

口に出して言ってやりたいが、駆け引きとしてはそれはあまりいい手ではない。

「カーイはお父様の顔に醜い痣《あざ》があっても、ぜんぜん気にしないで一の親友になったのよ」

誇らしげにレナは言う。

いや、それはカーイとて、自分がラースを容姿だけで差別しなかったという、誇《ほこ》らしい事実ではあるのだ。あるのだが。

――痣と傷は違う！　ってか、皮膚《ひふ》を切るとどこでも痛いぞ！　レナはあんまり経験したことはないと思うが！

転んで膝小僧《ひざこぞう》に擦り傷を作ったり、刺繍《ししゅう》針を誤って指に刺したり。

レナとて小さな傷は経験していないこともないが、ナイフで顔を切られる痛みなど想像外に違いない。だからこんなに落ち着いて話している。

そうカーイは思う。

「じゃあ……じゃあ、ボクがレナを殺すって言ったら、摂政代行閣下はボクとナナンに来てくれると思う？」

レナに向けられた問いに、レナが答える前に、カーイがブチキレた。

「ふざけるな!!　お前、いい加減にしろよ！　レナに指一本触れてみろ、ただじゃおかん!!」

もうどうなっても構わない。

〈獣〉に戻ってやる――そう、カーイが思った瞬間。

『デヴィ！　バカな真似は止めろ！』

新たな人物が駆けつけてきた。

『大兄上っ⁉』

ジェスに引き連れられてやってきた男は、筋肉隆々とした大男で、まったくデヴィ殿下とは似ていなかった。

『どうしてこんなバカなことをしたんだ⁉』

大男は今にもデヴィ殿下をぶちのめそうとする勢いで彼に走り寄ったが、やはりレナを盾《たて》に取られて一定以上近づけなかった。

『だ、だって、大兄上。ボク、ナナンに帰りたかったんだ！　ハハ、もうここまで来たら、ナナンにもミルナートにもボクの居場所はない。あの人の言う通りにしてみるのもいいかもね』

デヴィ殿下のナイフを持った手が振り上げられる。

「！」

その腕にカーイの投げた両端に錘《おもり》がついた金属の鎖《くさり》が絡まり、デヴィ殿下はナイフを落とした。

武器をなくした相手にカーイは早速間合いを詰めようとした。

「摂政代行閣下、下がったほうが良い！」

それを青い顔をしたデヴィ殿下の兄王子殿下から腕を取られ、止められた。

「な……！」

見る見る間にデヴィ殿下の体が膨《ふく》らみ、眩《まばゆ》い光が一瞬全体を照らしたと思ったら、熊よりも大きな猫が器用にレナの体を抱いて立っていた。

「シャーッッ！」

猫の威嚇《いかく》の声そっくりなお叫《たけ》び。赤金と青銀のまだらに混じった体毛はいわゆる錆猫柄《さびねこがら》だ。

『殺す！　殺す！　殺してやる！　どうせボクには、〈魔人〉のボクには居場所がない！　あ、の人が言う通り女王陛下を殺して、この国をメチャクチャにしてやるんだ。ナナンもミルナートもメチャクチャに……』

『スズ様、お願いします！』

大男はスズを振り返る。

『ああ』

頷いたスズが直《す》ぐさま大きな黒猫に変化《へんげ》する。だが。

スズが猫の姿になった時には、もうデヴィ殿下は黒く巨大な狼《おおかみ》に伸《の》されていて。

「カーイ！」

そう嬉しそうにカーイを呼んだレナが、狼のカーイの首に両手を回して抱きついていた。

「ふふふ」

レナはカーイの首の毛に頬を寄せて本当に嬉しそうに笑う。

カーイにとってはまったく理解できない。

——この〈獣〉は、レナの紫の瞳にはどう映っているのだろう？

「カーイは狼になっても、男前でカッコイイわ」

「……」

カーイは何も応えられず、地面に伸びているデヴィ殿下をもう一度蹴《け》った。

9

「誠《まこと》に申し訳ございませんでした」

デヴィ殿下の兄、ナナン王国第九王子エディ殿下とデヴィ殿下のひいひいひい祖母は二人揃《そろ》って、カーイに頭を下げた。

あの夜の翌日のことだ。

「昨夜のことでお解りのように、あたしが〈魔人〉だったんです。けれど、あたしの娘や息子達も孫達も、誰一人〈魔人〉じゃなかった。みんな普通の子供で、普通の人間で、ナナンの商家に嫁《とつ》いだ孫娘の娘がナナン国王に見初《みそ》められて生まれたデヴィだけが……〈魔人〉だった」

スズの言葉を、エディ殿下が引き取る。

「〈魔人〉として生まれた弟を、父も母も兄弟達も恐れなかった。ご存じの通り、デヴィは普通以上に可愛《かわい》い姿をしていましたからね。猫の時も人間の時も」

有無を言わせない口調でエディ殿下が言うので、カーイは少し笑ってしまった。

確かにデヴィ殿下の容姿は水準以上だが。

「とても可愛がって育てましたが、家族以外の者に〈魔人〉とばれるのがまずいことは、我々も理解していました。ですから、将来は王族に近い家柄の、口の堅《かた》い娘を娶《めと》らせ、国内で一生を終わらせようと考えていました」

なるほど、噂通りナナンの第十二王子は父や兄達から溺愛されていたらしい。

「それが、どうして我が国へ？」

少し声が尖《とが》るのは〈魔人〉であることを秘密にしたまま、ミルナート王国の王配にしようとしたことに、カーイが怒りを覚えているからだ。

「その……ミルナート王国を愚弄《ぐろう》するつもりはなかったんです。ただ、どうしてもナナンにデヴィを置いておくことができなくなったので、緊急避難的に」

カーイの鋭い眼光と声にエディ殿下がワタワタと言った。スズも慌てて説明を足す。

「デヴィが本気で恋をした女の子がいたんですよ。本気で恋したが故《ゆえ》に、デヴィは彼女に嘘をつきたくないと、〈魔人〉の姿を見せたんです」

スズの言葉に、「ああ……」とカーイは頷いた。

カーイは今まで付き合ってきた相手に己《おのれ》が〈魔人〉であることを話したことは一度もない。結婚を考える前に別れてしまったからだが、本気で結婚を考えた相手には、己の正体をばらすのが礼儀だと思う。

――見た目はチャラいが、根が真面目《まじめ》な男なようだし。

デヴィ殿下が彼女に対して誠実《せいじつ》であろうとしたのは解る。が。

「……それで、拒絶された？」

カーイの問いに、スズとエディ殿下は目を見合わせ、互いに溜息を零《こぼ》した。

「――〈地母神教〉の教母見習いの娘で、大変信仰深い娘でした」

口を開いたのはエディ殿下だ。

「……あたしの夫みたいに信仰心の薄い、いい加減な人間だったら、あるいは将来王子妃になれることを計算できるような子だったらよかったんでしょうが、その子は、デヴィのことを教会に報告しちゃったんです」

チャラいように見えて、実は真面目な王子が真剣に恋した相手だ。

王子に輪をかけて真面目だったのだろう。

「ナナン国内にデヴィを置いておけば、教会はいずれデヴィを〈魔人〉の容疑で調査し、罪人として扱《あつか》わざるを得なくなる。しかし、ミルナート王国の女王陛下の王配となれば、ナナン王国の教会長がミルナート王国の教会長に何か言っても握り潰してくれるだろうと、父や私達は考えたのです」

ミルナート王国では、教会より摂政《せっしょう》代行閣下《かっか》の力のほうが強いと評判ですからと、エディ殿下は笑ったが、特にそういうつもりはなかったカーイは若干《じゃっかん》頭を捻《ひね》った。

――まあ、確かに教会の教えに真《ま》っ向《こう》から逆らっているジェスを騎士団に入れるとか、色々実績がないとは言わないが……。

「では、あなた方は〈魔人〉と解っていて、デヴィ殿下を我が国の王配に推挙なさったと」

溜息交じりにカーイがハッキリと問題点――これ以外にもデヴィ殿下は問題だらけだが――を指摘すれば、デヴィ殿下の身内達は不満そうに顔を見合わせた。

「デヴィは〈魔人〉かもしれませんが、顔も性格も本当に可愛くて賢い。どこに出しても恥ずかしくない王子ですよ！」

と、兄バカ丸出しで――なにせこの殿下、今回の訪問が上手《うま》く行くか心配で、デヴィ殿下に内緒で王都までついてきていたのだ――エディ殿下が言えば。

「それに摂政代行閣下だって〈魔人〉じゃないですか。そんな国の王配が〈魔人〉で何か不都合でも？」

デヴィのひいひいひいひい祖母が開き直った口調で言う。

「――」

腹が立つことにどちらも否定できない。

緊急事態だったとは言え、この二人の前で狼姿《おおかみすがた》になったのはまずかったと、カーイは今さらながらに悔やんだ。

10

デヴィが目を覚ますと、レナの心配そうな顔が最初に目に入った。

「大丈夫？」

「大じ………」

大丈夫だと言いかけて、左頰に走る激痛にデヴィは口を閉ざした。

ベッドに寝たまま、そっと手を左頰に伸ばすと腫《は》れているのが解った。

巨大な狼の前肢《まえあし》で叩かれたのだ。頰骨が砕《くだ》けていてもおかしくない。

——と言うか、生きてるのが不思議かー。

あの狼《おおかみ》の金色の瞳に溢《あふ》れていた殺意は、死を覚悟するのに十分なほどだったのに。

「デヴィって〈魔人〉だったのね」

「——それが？」

プイとレナが座っているのと反対側を向いて言う。


〝〈魔人〉だったなんて！　あたしを騙《だま》したのね！〟

〝なんて恐ろしい！　呪《のろ》われた魔物！　近寄らないで！〟


半年前、彼女に言われた言葉が耳にこだまする。

黒い髪と黒い瞳とチョコレート色の肌。

教会の祭典で地母神様を称《たた》える舞を踊る彼女に、デヴィは一目で魅了された。

色鮮やかなナナンの民族衣装がとても似合うルゥルゥは、舞台での華やかさと違って、日常では凄《すご》く地味で生真面目《きまじめ》な少女だった。

〈地母神教〉の教会で教母見習いとして働く彼女は、実年齢より大人びていて、しっかりしていた。

ちゃらんぽらんで甘やかされて育ったデヴィに「王子だからと甘えないで」とか「王子なら、

もっとしっかりして」とか叱《しか》り飛ばすような子だった。

そんなことを言う女の子に初めて出逢ったデヴィは最初は吃驚《びっくり》したし、彼女の生真面目さが鼻についたけれど、最終的に首ったけになった。

ルゥルゥの真っ直《ます》ぐに伸びた髪。真っ直ぐに伸びた背。真っ直ぐに人を見詰める黒い瞳。

ルゥルゥは本当に、どこもかしこも真っ直ぐで、どこまでも真っ直ぐだった。

だから、彼女に嘘を吐《つ》きたくないと思った。

だから、デヴィは彼女に〈魔人〉の姿を見せた。


〝〈魔人〉だったなんて！　あたしを騙したのね！〟

〝なんて恐ろしい！　呪われた魔物！　近寄らないで！〟


その長い黒髪のように真っ直ぐな彼女は、敬虔《けいけん》な〈地母神教〉の教母見習いで、未来の教母として間違ったことは一つも言わなかった。

——〈魔人〉は呪われた魔物で、恐ろしい魔物。

きっとレナも似たようなことを言うのだろう。

ふわふわの金髪も、紫水晶みたいなキラキラした瞳も、雪のように白い肌も、華奢《きゃしゃ》な体も、裕福な国の女王という恵まれた立場も。

レナはどこもかしこも、孤児上がりの教母見習いのルゥルゥとは似ても似つかない。

——それでもきっと彼女は、ルゥルゥと同じことを言うのだろう。

そして、あらゆる言葉でデヴィを罵倒《ばとう》し、中傷するだろう。

そうデヴィは予想し、心の中で懸命に身構えた。

「吃驚したわ。すっごい可愛いニャンコなんですもの！」

——にゃ、にゃんこ……？

にゃんこってなんだ？　ミルナート王国語の罵倒語の一つか？　——と、デヴィは一瞬思ったが、そうじゃなかった。脳内のミルナート王国語辞典が正しければ、猫を意味する幼児語だ。

「…………は？」

まさかのレナの発言に、思わずデヴィはレナのほうを振り返り、彼女の興奮しきった顔を二度見した。

ふわふわの金髪は後光のように彼女の華奢な体を包み、大きな紫水晶のような瞳はいつもの三割増しで眩《まばゆ》く輝き、頬はバラ色に染まっていた。その微笑《ほほえ》みの嬉しそうなことと言ったら！

「爪が雲母《うんも》みたいな七色で、肉球がピンク色で、赤金と青銀の毛がモフモフで。もう冬毛だったのかしら？　本当にもう気持ちが良いくらいのモフモフでお日様の匂《にお》いがして。わたくし、あんなに可愛いニャンコ、初めて見ました！　しかも、そのニャンコに抱かれるなんて！　猫好きのドローテに知られたら、わたくし嫉妬《しっと》で殺されてしまうかも」

――ニャ、ニャンコじゃなくて、〈魔人〉だっつーの！

この女王、やっぱりバカなんじゃないかと、デヴィは思った。

「ばっかじゃな……」

それなのに、言いながらなぜか胸が熱くなって、目からは涙が溢れてきて、慌ててデヴィは上掛けを引っ被った。女の子にこんな泣き顔を見せるなんて、恥ずかしすぎる。

「……デヴィの大兄上様がね」

上掛けを引っ被って背中を向けたデヴィに気を害した様子もなく、むしろ気遣《きづか》うような優しい声でレナは言った。

「色々話してくれたの」

大兄上がまさか今回のミルナート訪問に内緒で同行していたとはデヴィとしても驚きだった。確かに兄弟の中で一番心配性で、一番デヴィを可愛がっている兄だが。

――しかも、レナに何を吹き込んだんだ……？

肩越しにそっと相手を窺《うかが》うと、レナは同情深そうにこちらを見ていた。

「――」

だいたい大兄上が何を話したか、デヴィは推測したくないが推測できた。

――大、兄、上〰〰っっ！

「……デヴィは本当につらい目にあったのね」

「あ、あんたに、何が……！」

「そうなの」

何が解ると言うんだと、皆まで言わせず、レナは頷いた。

「わたくし、〈魔人〉じゃないから〈魔人〉の気持ちが、さっぱり解らないんだわ。だから、カーイは王配になってくれないのかしら」

「カーイ！」

その名前にデヴィは跳ね起きた。

それから、全身に走った痛みに呻《うめ》いた。

頬を殴られただけのはずだが、もしかしたら意識を失ったあと、それ以上に痛めつけられたのかもしれない。あの有能極《きわ》まる、そして陰険な摂政《せっしょう》代行閣下《かっか》に。

「だ、大丈夫？」

「……あ、あんたは……、〈魔人〉でも、カーイ・ヤガミ摂政代行閣下を、王配にしようとしているのか？」

まさか？　本当に？　――そうデカデカと顔に書いてデヴィが尋ねれば、レナは。

「ええ。もちろん」

しっかり頷いて。

それから、レナは可愛らしく恥じらった。

「やだ、デヴィ。わたくし、何度も力説したと思うんだけれど。カーイがどんなに格好良くて、どんなに素敵でどんなに素晴らしいか」

「あー…………」

ここ暫く、この女王陛下と仲良くなるために話を合わせていたが、確かにこの女王陛下の口にすることのほぼ九割が摂政代行閣下への礼賛だったことをデヴィは思い出した。

その時はわりと聞き流していたが。

と言うか、聞き流す以外どうしろというのだと言いたくなるくらい、徹頭徹尾《てっとうてつび》賛美が続いたのだが。

「……彼は、〈魔人〉、なのに……？」

「狼《おおかみ》のカーイもカッコイイでしょう！」

デヴィの繊細な質問に、レナは雄々《おお》しいくらい強く力説した。有無を言わせない口調だ。

「久しぶりに狼姿のカーイが見られて、わたくし本当に嬉しかったわ！」

レナは本当に嬉しそうに、お日様みたいなキラキラした笑顔でうっとりと呟いた。

「……」

その様子についつい見惚《みと》れて。それから。

——ああ、バカはボクか……。

心の中で、デヴィは呟いた。

なんでこんなに素敵な女の子を一生懸命真面目に口説《くど》かなかったんだろう。

ちゃんと口説く前にナイフで脅《おど》したり、顔に傷を付けるとか殺すとか言っちゃったりしたんだろう。

「ねえ、デヴィ」

デヴィが悔《く》やんでいると、今までとはガラリと違う真面目な口調でレナは提案してきた。

「わたくし、あなたを王配にすることはできないけれど、ナナン王国の大使として、ミルナートに留まる気はない？」

「はぁあああ⁉」

思わず大声と共に半身を起こして、また、頬や全身に走る痛みにデヴィは呻いた。

その背を優しくさすってくれてから、レナはデヴィの顔を覗き込んで話を続けた。

「大兄上様のお話だと、ミルナート王国の教会なら、女王であるわたくしや摂政代行のカーイに慮《おもんぱか》って、デヴィを〈魔人〉として糾弾する可能性が低いそうなの」

男装のジェスを近衛騎士団員に迎えたことについて、陰で小言を言う教母達がいないことはなかった。

だが、ミルナートの教会は正式に女王に苦情を申し立てたり、批判の書面などを提出してはこなかった。

エディ王子の言葉を信じるなら、他国では男装の騎士を王室が認めた時、そんなぬるい反応はありえないことらしい。

しかし、ミルナート王国に対しては違った。

ミルナート王室は毎年レナの名前で教会に莫大《ばくだい》な献金をしている。国が豊かになったおかげで、教会に多額な献金をする国民も増えたことを現在の教会長はよく理解しているらしく、教会は多少のことには目を瞑《つぶ》っているんだとか。

何より今の教会長はカーイと馬が合うらしく、カーイがジェスのような人間や同性愛者を差別しないことについて、賛成しているそうだ。

デヴィの後見としてカーイとレナがいる限り、教会長はデヴィを放置してくれるだろうというのが、エディ王子やカーイの見解だった。

そんな説明をされても、デヴィはちょっと納得がいかなかった。なぜならば。

「……レナはさぁ」

「なあに？」

能天気な表情で応じられて、「ソコだよ、ソコ！」とデヴィは叫びたくなった。

それをなんとか抑えて。

「ボクに殺されかけた自覚ある？」

ちょっと危機管理能力が低すぎないか、この女王陛下は——と、他人事《ひとごと》ながらに思う。

「だって、あの時、デヴィ、自棄《やけ》になっていたでしょう？　自暴自棄《じき》と言うか。別にわたくしが嫌いで、憎くて殺そうとしたわけじゃないでしょう？」

「そりゃあ……」

この金色の天使か妖精みたいな女王を憎んだり、嫌ったりするのは実際難しい。

「とは言え、〈あの人が言う通り女王陛下を殺して〉と言ってた〈あの人〉とは誰のことか、聞かせて貰わなければいけないが」

いつの間にやらカーイ・ヤガミ摂政代行閣下が来ていて、気色《けしき》ばんだ顔でレナの隣に座った。

「カーイ！」

本当に花が咲いたようにレナが微笑《わら》う。

今までだって十分可愛かったが、カーイの横だとこうも違うのかというくらい笑顔が輝いている。

その眩《まぶ》しい笑顔を向けられたというのにニコリともせず、簡単な会釈《えしゃく》だけで返して、摂政代行閣下はデヴィのほうを向いた。

——まったく信じられない。こんな可愛い女の子が喜び満面で笑いかけたのに、そんな素《そ》っ気《け》ない態度、よく取れるものだな。

嫌いだ、こいつ——と、デヴィは再認定した。

「デヴィ殿下？」

無駄に顔の良い摂政代行閣下は、無駄に良い声で尋ねてくる。

「ミスターXだよ」

カーイってやっぱり素敵よねーと言う心の声がダダ漏《も》れのレナを横目に、デヴィは拗《す》ねた口調で返した。

「ミスターX？」

摂政代行閣下は眉《まゆ》を顰《ひそ》めるが、デヴィとしてもそれ以上のことは解らない。なにせ。

「そういう署名の手紙がこの王宮に滞在するようになって、何度か届いたんだ。ボクが王配になるのは絶対に無理だから、女王を暗殺するほうがいいって。ミルナートの〈王族〉はレナが最後の一人だから、レナが子供を残さずに死んだら、どこかの国から〈王族〉を新しく連れてくるだろう。ナナン王国の第十二王子なら新しい〈王族〉に相応《ふさわ》しいとかなんとか、毒薬入りの瓶《びん》とか添《そ》えられていてさ」

「……その手紙は？」

「燃やしちゃったよ。そんな危ない文面の手紙、持ってるのがばれたら、ボクが疑われるだろう？」

「毒薬は？」

「トイレに流して捨てたよ」

デヴィの回答に「使えない奴」と呟きがついてきそうな溜息を摂政代行閣下はお吐《つ》きになって。

「今度、そういう手紙を受け取ったら、私の元にすぐに持ってくるように」

と言いつけ遊ばしたときた。

「あーはいはい、解ったよ」

と投げやりに返してから、ハタとデヴィは気づいた。

「今度？」

大きく目を見開いて、ベッドの上から相手を見上げる。

お互い座っていても、相手のほうが背が高いのだ。

「ナナン王国大使として、王都に住むのだろう、君は」

面白《おもしろ》くないことが丸解りの口調で、閣下は仰《おっしゃ》る。

「……正直、あんたが、それを許すとは思わなかったんだけど」

レナは天真爛漫《てんしんらんまん》で人のことを簡単に信じるタイプの善人だが、この摂政代行閣下は違う。

冷徹《れいてつ》な政治家で〈大人〉だ。——そうデヴィは思っていたのだが。

「君の大兄上殿下とスズに、私の秘密を公表すると脅された。しかたあるまい」

腕組みして、摂政代行閣下はことさら怖い顔で言うのに。

「と言うことに、したいのよ、カーイは」

それを台無しにするように、クスクスと天使みたいな顔で笑いながらレナが言う。

「陛下！」

大好きなカーイ摂政代行閣下に叱られても、この王国の女王陛下は肩を竦《すく》めるだけだ。

「本当はカーイもデヴィに同情しているの。カーイはいわれのない〈差別〉が一番嫌いなのよ」

意外にもこのやりとりに、白旗を揚《あ》げたのは摂政代行閣下のほうだった。

「……私がデヴィ殿下を差別する理由は山ほどありますが」

と、また溜息を零《こぼ》したが、それ以上は女王陛下の言葉に逆らわず。

「とりあえずこの国に住むなら、私への求婚は取り下げるように。それができなければ、君の大兄上殿下達がなんと言おうと、ミルナートから放り出す」

「ええ、ええ、もちろんです、閣下」

一瞬の迷いもせずデヴィは返事した。

この可憐《かれん》で愛らしい女王陛下の国にいる権利をせっかく得たのに、それを失うつもりはデヴィには毛頭《もうとう》なかった。

しかも、デヴィはこの黒くて強くて無駄に——本当に無駄に！　——格好良くてデヴィよりずっと大人で有能で、何よりレナが首ったけの摂政代行閣下が、大嫌いなのだから。

11

「ああ、摂政代行閣下《せっしょうだいこうかっか》！　ちょうど良かった」

デヴィ殿下が大使に収まってから、十日ほど経《た》ったある日、カーイは王宮の廊下で気さくに呼び止められた。デヴィ殿下の高祖父《こう》の母スズだ。

「お礼を言わないといけないと思ってたんですよ。デヴィを王都に置いてくれてありがとうございます。おまけにあたしのことも」

スズは昔、イホン海峡《かいきょう》を荒らした有名な海賊だった。通行料と称して、イホン海峡を通る船から積み荷やお金を巻き上げたりしたが、七十年は前の話だ。

今さら罪に問うて、いくら見た目が若くても百五歳の老婆を獄《ごく》に繋《つな》ぐのは気が引けた。

友好国の王妃の血縁者でもあるし、スズは他の海賊達と違って乗員や乗客の命を奪ったという話も聞かない。

それやこれやでカーイは彼女のことを不問にした。

「――私もちょうど訊《き》きたいことがあったんだ。少し私の執務室に付き合って貰《もら》えるだろうか」

「あたしに、ですか？　まあ、いいですけど」

スズは首を傾《かし》げたが、素直にカーイについてきた。

執務室の来客用のソファーに相手を座らせ、その向かいに座る。

それから、カーイは単刀直入に尋ねた。

「スズ殿のご両親は、やはり〈魔人〉だったのか？」

黒いサングラスの奥の瞳が瞬《またた》いた。

そんなことを訊かれるとは、思ってもいなかったようだ。

「いんや、あたしの両親も祖父母も、たぶんその上の世代の者も、皆、普通の人だった。あたしみたいな〈魔人〉が突然生まれて、両親も親族も大いに困ったそうだよ」

「……だが、あなたは両親に捨てられたりはしなかった」

両親のことを語ることができるのは、捨て子にはならなかったからだろうと推測してカーイが言うと、スズはこれまた首を振った。

「いんや。捨てられた。〈魔人〉が自分達の家から出たなんて知られたら、村から追い出されてしまうと、赤ん坊のうちに隣の隣のそのまた隣の村の森の奥に捨てられた」

「――――」

――自分も同じように捨てられたのだろうか。

生まれた村から遠い遠い森の奥に。

「まあ、あたしは猫の〈魔人〉だからね。ある程度成長するまでは、普通の猫と変わりはない。猫の姿をしていたら、どこの村でも可愛《かわい》がって貰えたよ。だから、生き延びて——海賊になったあと、色んなツテを辿《たど》って親を見つけた。まあ、親は死んでて、兄を見つけたんだけどね」

「……そうか」

カーイも自分の親を探したことがある。

北の離宮近辺の村で、自分と同じ年の死別した子供、行方不明になった子供はいなかったか。

その捜索は全て空振《からぶ》りに終わった。

だから、〈魔人〉は〈魔人〉の親からしか生まれないのかと思っていた。

だが、どうやらそうでもないらしい。

「こんなことを訊いてどうしたんだい？　ああ、あんたも親を見つけたいと？　親がどこのどいつか解らないと、下手に王配になれないと思ったんだねぇ、解る解る」

うんうんとスズは笑顔で首を縦に振る。

百五歳になっても他人の色恋沙汰を語るのは楽しいらしい。

「……勝手に話を進めないでくれ」

親のことを知りたいと思ったのは確かだが、別にレナと結婚したいと思ったからではない。

——自分がレナの傍《そば》にいていい人間か、改めて思っただけだ。

「たぶん、あんたの親も普通の人間だったんだと思う。普通の人間だったから、生まれた〈魔人〉が怖くて……、教会や周囲の人間の糾弾が怖くて、捨ててしまったんだと思うよ」

「……」

「海賊とか山賊とか悪いことをしている奴《ヤツ》が親なら、狼《おおかみ》の〈魔人〉の息子が生まれたら、戦力になると喜んだと思うもの」

「……海賊らしい意見をありがとう」

なんとも応《いら》えようがなくて、カーイはそう苦笑した。

──なるほど。悪人だったら、俺が〈魔人〉に生まれたことを喜ぶか。

普通の善良な人間が両親だったからこそ、自分は捨てられたのだと言われれば、それは悪くないことに思えた。

そんなカーイをじっと見ていたスズは、不意に思い詰めた様子で言った。

「なあ、余計なことかもしれないけれど」

「なんだ？」

「閣下は、黒猫から白猫は生まれないものだって知ってるかい？」

カーイはスズを見返した。

黒猫から白猫は生まれない。

それは。

その言葉の意味するところは。

——黒髪の父親から、金髪の……。


カーイはぐっと奥歯を噛《か》み締《し》めた。

「……本当に余計なことを言うな。孫達の復讐はしないんじゃなかったのか？」

金色の瞳で相手を睨《にら》みつける。

視線で人が殺せるものなら、相手が死ぬような強さで。

見た目はともかく、相手の実年齢が百五歳の老婆でなければ、カーイは彼女に何をしたか自分でも解らない。

「そ、そういうんじゃないんだ」

カーイの様子に慌てふためいた様子でスズは言葉を足した。

「あたしはただ、彼女が女王でないならば、あんたの選択肢《し》は増えるかなと思っただけさ。それだけだよ」

——彼女が女王でなければ？


「——」

カーイは頭を振った。

そんな仮定は……事実は、ありえない。

「レナ女王陛下は間違いなくラース前国王陛下の娘だ。ラース前国王陛下の一の親友だった私が言うのだから、間違いない」

——間違いない。

ラースが、あの優しかったラースが、カーイに何も遺《のこ》さずに死ぬわけがないのだから。

「——」

「普通の人間から〈魔人〉が生まれるのだ。黒猫から白猫が生まれてもおかしくない。そうだろう？」

「……ああ、そうだね」

スズは頷いた。

「あたしとしたことが、つまらないことを言ってしまったねぇ。閣下、今の話は聞かなかったことにして下さい」

そう言ってスズは辞去した。

「普通の人間から〈魔人〉が生まれるのだ。黒猫から白猫が生まれてもおかしくない。そうだろう?」

西日が陰る誰もいなくなった部屋で、一人カーイは呟いた。

もちろん応える者はいなかった。

アリアの独唱

〝ねぇ、お願いだよ、アリア。カーイを君と君の子の家族にして〟

最期《さいご》の夜、そうラース・ミルナートは卑怯《ひきょう》なくらい真剣な眼差《まなざ》しで、あたくしの目を覗き込んで言った。

⚓

アリア・セレー・ミルナートという人間は、多分、この世に生まれ落ちた瞬間から〈約束〉という言葉が嫌いだった。

どんなに仲の良い人からどんなに楽しいことを誘われても、それが明日とか明後日《あさって》とか一カ月後とかの〈約束〉になったら、途端に守る気が失《う》せてしまう。

〈結婚〉と言うのは、一生涯、この相手と過ごすということを〈約束〉することで、もうそれだけで相手が誰だろうとあたくしはうんざりしていた。

あたくしに〈約束〉なんて守らせようと思わないで。

あたくしにとって〈約束〉は守るものではなく、破るもの。

破られて傷つくくらいなら、破るほうがよくない？

傷つけられたくなければ、先に傷つけるしかなくない？

期待は裏切るもの。

希望は叶《かな》わぬもの。

神も悪魔もこの世界にはいない。


あたくしは救いようのないバカだけど、それくらいのことは知っているのよ。厭《いや》と言うほど。

だから、あたくしはただこの一瞬、目の前の一瞬だけが楽しければいいの。

そう思って生きてきた。それまでも、今でも。そしてこれからも。


〝ねぇ、お願いだよ、アリア。カーイを君と君の子の家族にして〟


それがそんなあたくしに遺《のこ》したラース・ミルナートのたった一つの遺言《ゆいごん》だった。

でもねぇ、ラース・ミルナート。

あなたは人選を間違えているわ。

あたくしは〈約束〉なんかできる人間ではないのよ。

そして何よりも。

「あたくしには、〈家族〉というシロモノがなんなのか、解らないのよ」

でも、そう返答する前に彼は逝《い》ってしまった。

「女王へいかというのは、この国で、いちばんえらいのではなかったのですか、お母さま？」

大きすぎる椅子――いわゆる玉座ってものかしら？――に座って、レナは問うた。

床に届かない足をブラブラさせたりせず、膝《ひざ》をきちんと閉じて背筋もきちんと伸ばして、我が子とは思えないほどと言うか、五つの子供とは思えないほどしっかりした口調で、斜《なな》め後ろのあたくしを振り返って質問してきたのだ。

女王陛下はこの国で一番偉《えら》い。

それは知能指数が一桁《けた》と陰口を叩かれるおバカなあたくしでも解ることだったので、あたくしは自信を持って微笑《ほほえ》みながらゆっくりと頷いた。

「そうね、レナ」

「それはもちろんそうでございます、陛下」

あたくしの回答にレナが何か言おうとした瞬間に、機嫌を取るような口調で女官長（だったと思う）のナントカ伯爵夫人が言った。前のめりになるような勢いだ。

「ですが、陛下はまだ成人されていませんので、我々大人の意見を尊重して頂《いただ》かなくては」

その横でニコニコと口当たりのいいことを言っているのは、財務大臣だったか、外務大臣だったか。まあ、どっちでもあたくしにはたいした違いはないけれども、いわゆる〈貴族〉のおじいさんね。

そんな二人をはじめとする広間に居並ぶお偉方を見返したレナは、再びあたくしを振り返った。

まあ、やだ。あたくしに答えられないような質問をしてこないでね、レナ——と、あたくしは心の中で祈った。

この子は、誰に似たのか、本当に吃驚《びっくり》するほど賢いのだ。時々、誰かがあたくしの子とこの子を入れ替えたんじゃないかと思うくらい。

——でも、見た目はあたくしそっくりだしねぇ。

取り替えっ子説を訴《うった》えるのは、残念ながら無理だ。

でも、セレー皇室のどこにこんな賢い子供が生まれる血が潜《ひそ》んでいたのか、おバカなあたくしには一生解らない。

「女王へいかがせいじんしていないばあいには、せっしょうがおかれるのでしょう?」

「そうね、レナ」

あたくしは心底ホッとして先ほどの言葉を繰り返した。

女王陛下が成人していない場合は、摂政《せっしょう》が置かれる。

と、言うことを、あたくしは自分がその役割を押しつけられて知ったんだけれども、他の人には常識らしいわよ、レナ。

「お母さまがせっしょうで、お母さまがカーイをせっしょうだいこうににんめいしたんですよね」

「そうね、レナ」

伊達《だて》に知能指数一桁と陰口を叩かれているわけではないのよ、あたくし。

女王陛下の代行なんて面倒で頭を使う仕事、あたくしにできるわけがないじゃない？

くわえてあたくし、〈家族〉がなんなのか解らないけれど、あたくしの侍女《じじょ》いわく。

〝カーイ・ヤガミを家族にするなんて、とんでもないことでございます！　アリア様かレナ様がカーイ・ヤガミと結婚するしかないのですから！〟

ということらしいのよね。

でも、ラース・ミルナートがあの言葉を言ったのは、あたくしと彼の結婚式の夜だし、その時、レナはあたくしのお腹の中にいて娘だとは断定できない状態だったんだから、彼はカーイをあたくしやレナの夫にしろという意味で言ったのではないと思うのよ。

さすがにそんなことを、結婚式当日の己《おのれ》の花嫁に言うのはおかしいわよね？

結局、ラース・ミルナートがカーイ・ヤガミに対して行《おこな》ったようにしろということかしらと、あたくしは少ない脳を振り絞《しぼ》って考えて——一つのことをこんなに考えたのは、生まれて初めてかもしれなかったわ！——彼が王宮で暮らせるような地位を与えることにした。

つまり、摂政代行。

あら、あたくし、別に面倒で邪魔でうざい仕事を押しつけたわけではなくってよ。

たまたまラース・ミルナートの願いとあたくしの利害が一致しただけですわよ。

――夫の遺言を守るのは、妻として当然のことですわよね？

最初は彼がいかに前王ラースの信頼厚い近衛《このえ》隊長だったとしても、もう反発を受けたわ。

ただ、海賊や盗賊が跋扈《ばっこ》する国土には彼の軍才は必要なものだったし、前王を暗殺した疑いがいまだ晴れない外国人の王母に国政を任せるのもどうかとか、どうせ彼は軍の仕事で手一杯で王宮には不在の時が多いし、彼が失敗すれば大きすぎる武功もなかったことにできる等々《などなど》の思惑《おもわく》で、彼の摂政代行就任は決まった。

――けれども。

「カーイ・ヤガミ氏が摂政代行職にあるのは、母后《ぼこう》陛下がまだこの国に馴染まれていらっしゃらないまま摂政職に就かれるのをお厭《いと》いなさったからでございます」

「当時の我が国は海賊や盗賊も多く、我が国で一の武勇を誇《ほこ》るもまだ若く、軍歴も浅いカーイ・ヤガミ氏に軍の総指揮《そうしき》を与えるに当たって、何らかの肩書きが必要だったからでございます」

「しかし、アリア様ももうこの国に六年もお住まいで、我が国に十分馴染まれたご様子」

「海賊や盗賊もあらかた退治され、我が国の治安も安定しています」

「最早《もはや》我が国は非常時ではございません」

……というような理由でミルナートの高貴な〈貴族〉の方々は、カーイを摂政代行の座から引《ひ》き摺《ず》り下ろそうとしているのだ。

「わたくしは、カーイがせっしょうだいこうでいることをのぞみます」

レナは並みいる大人達に臆《おく》することなく宣言した。

「陛下。彼は〈貴族〉ではありません。今までは、我々も非常時だからと目を瞑《つぶ》ってきましたが、最早彼の武力を必要としている時期を我が国は越えたのです」

まあ、だからもうカーイは用なしってこと？

今まで散々彼をこき使っておいて、今さら彼が平民だからって王宮から追い出そうと言うの？

……なんてことをあたくしは考えたりはしなかった。全部レナの台詞《セリフ》だ。

ただ、レナが大好きなカーイを王宮から追い出したくないように、あたくしもカーイを王宮に留めたかった。

〝お前、本っ！　当っ！　にっ！　救いがたいほど、バカだな〟

と、セレー皇女にしてミルナート王国女王陛下の母后陛下に対して、カーイはいっつもうんざりした顔を隠しもせず、諸々《もろもろ》の式典用挨拶《あいさつ》の台本をあたくしでも覚えられるレベルまで修正して読み聞かせ、外国の要人に会う際は相手に何を言えばいいか噛《か》み砕《くだ》いて説明し、各種書類をあたくしが読まずに承認印を押しても大丈夫なところまで仕上げてくれた。

いくらあたくしがおバカでも、彼ほど（あたくしに対して）懇切《こんせつ》丁寧に摂政代行をやってくれる人間がいないことは予測がつくわ。

何よりレナがあたくしに答えられないような質問をしてきた時も「カーイに訊《き》くといいわ」で躱《かわ》してきたのだ。

今さら彼を失うことはできない。これからレナが今よりもっともっと賢くなってもっともっと難しいことを質問してくるに違いないことが確実なのだから、絶対にカーイは失えない。

「カーイが〈きぞく〉になればいいのですか？」

「陛下、彼は平民です。彼を〈貴族〉にすることはできません」

「あら、どうして？」

あたくしは口を開いた。皆が戸惑う。

〈貴族〉には土地を〈祝福〉する力をはじめ、色々不思議な能力がある。まれに平民と結婚する〈貴族〉がいるが、正妻であろうと彼女は〈貴族〉とは認められない。〈貴族〉が平民に嫁《とつ》いでも、〈貴族〉の能力がある限り彼女や彼女の子は〈貴族〉と認められる。

それは常識だけれど、常識だからってなんだって言うの？

「……〈貴族〉には〈祝福〉の力が必要です」

こんなことを説明しないと解らないのかとの表情をなんとか隠して女官長が言う。

「でも、〈きぞく〉の力でわが国は平和にはなりませんでした。わが国にあんていをもたらしたのは、カーイの力です」

レナの言葉は力強い。とても五歳の幼女とは思えない理論の完璧《かんぺき》さに、我が子ながらあたくしは空恐ろしいものを感じた。お偉方もそうだったらしい。

「い、いやしかし」

「ちがうと言うのですか？」

五歳の幼女とは言え、女王陛下は女王陛下だ。簡単に否定はできない。皆が顔を見合おう。

「カーイ・ヤガミをだんしゃくにします。彼がしゃくいをえれば、彼がせっしょうだいこうをけいぞくしてももんだいないようですから」

畳《たた》みかけるレナに女官長が反論した。

「陛下！　も、もしも、カーイ・ヤガミを男爵にすると言われるならば、それはミルナート全〈貴族〉を侮辱《ぶじょく》する行為です！　そ、そのようなことをなさるのでしたら、あ、あたくしは、女官長を辞職いたします」

「わ、わたくしも財務大臣を辞職します」

「拙《せつ》も、ヤガミが男爵となり、摂政代行を続けるのであれば外務大臣を辞職いたします。どうか平民に爵位を与えるようなことはなさらないでください」

我も我もと〈貴族〉達は己の辞職を盾《たて》にレナの決意を翻《ひるがえ》させようとした。

「――そうですか」

レナが残念そうな声を出した。大人達はレナが解ってくれたと安堵《あんど》の溜息を吐《つ》く。

「あなたがおうきゅうをさられるのはさみしくなりますが、しかたないですね、じょかんちょう」

「……え？」

「ざいむだいじんもがいむだいじんも今までありがとうぞんじます。ほかのかたがだいじんになっても、たすけてあげてくださいね」

「……は、い？」

「女王へいかであるわたくしの命令にしたがえない者は、わたくしのおうきゅうには不要です」

反論を許さない口調でレナが宣言すると、大人達は面白《おもしろ》いくらい蒼白顔で前言を撤回《てっかい》した。

⚓

「男爵ぅうぅっっ⁉」

カーイはことの顚末《てんまつ》を聞いて、心底厭そうな顔をした。彼は他の宮廷人みたいに感情を隠すことに必要性を感じていないのだ。

「もう少し嬉しそうな顔をしても良くなくて？　平民なのに〈貴族〉になれるのよ、凄《すご》くない？」

「お前は俺に仕事を押しつけたいだけだろ」

バレていた。どうして、この人ってこんなに鋭いのかしら。

「俺が鋭いんじゃなくて、お前が浅すぎるだけだ」

またまた読まれていた。もう。

「そこまで言わなくてもいいでしょう？」

あたくしが膨《ふく》れると実に面倒くさそうな顔をして、カーイは手を振る。

「事実じゃねぇか」

そんなあたくしとカーイのやりとりを見ていたレナが、大きな大きな瞳に涙を溜めて。

「カ、カーイはだんしゃくになるの、うれしくないの……？」

「そ、そんなことはねぇよ、レナ」

オロオロとカーイはレナを抱き上げ、視線を合わせる。

「ただ、俺は男爵にならなくても摂政代行を続けられなくても、別に構わなかったからさ」

「カーイは、レナのそばにいられなくてもよかったの……？」

女官長だの大臣だの自分の十倍以上生きている大人達をさくりと切り捨てた女王とは思えないくらいか弱い声と泣き出しそうな顔は、五歳の幼女相応だ。我が子ながら吃驚だわ。

「違う違う違う！　じゃなくって！」

あたくしには心底冷たいカーイがレナの些細《ささい》な言葉に動揺しまくり焦《あせ》りまくっている。

「別に男爵や摂政代行じゃなくても、近衛騎士団長の役職には留まれたはずだしな」

「みんな、カーイをおうきゅうからおいだすって言ったの……。レナ、そんなのいやだもの。カーイがいなくなっちゃったら、いやだもの！」

「解った解った、男爵になるし、摂政代行も続けるから、泣くな。な、レナ」

抱き上げてあやしている姿は完璧なお父さんだった。

⚓

あれから十年。カーイはどんどん官僚の作法を取り入れ、滅多《めった》に表情を崩さなくなった。

それでもレナが絡むと唇の端とか眉《まゆ》の端とか微《かす》かにピクっと動くのがおかしい。

レナはレナでカーイを王配にしようと必死だ。カーイは逃げ回っているけど時間の問題だとあたくしは思う。レナの望みをカーイが叶えないはずがないのだから。

でもねぇ、ラース・ミルナート。カーイとレナが結婚してもしなくても、あなたが望んだように、もうあたくし達、カーイの〈家族〉になれているわよね？

あとがき

和泉統子

こんにちは。和泉統子《わいずみのりこ》と申します。この度《たび》は拙著《せっちょ》を手に取って下さって、誠《まこと》にありがとうございます。

突然ですが、和泉は漢字が好きです！　特に画数が多い熟語が大好きです!!

薔薇《ばら》に紫羅欄花《あらせいとう》、金雀枝《エニシダ》に雛罌粟《ひなげし》、金鳳花《きんぽうげ》。華奢《きゃしゃ》、繊細《せんさい》、優雅、可憐《かれん》。天鵞絨《ビロード》。絨毯《じゅうたん》……。

こういう単語を並べていると、それだけで幸せになるのですが、大学時代に同級生が、

「手書きではできなかったけれどパソコンのおかげで難しい漢字を捻《ひね》くり回《まわ》すような文章を書くようになったのが丸解りの、頭の悪い作家っているわよねー」

と、酷評《こくひょう》していたのを思い出して胸が痛んだりもします。突き刺さりますねぇ、全文。

ですが、でもでもでも、画数の多い漢字ってカッコイイじゃないですかっっ！（↑知能指数一桁《けた》的発言）

そんなわけで前作『帝都退魔伝《ていとたいまでん》』は和泉的明治系和風ファンタジーだったこともあり、思う存分愛する画数の多い漢字や熟語を使いまくったわけですが……。

……黒い。あまりに紙面が黒い。

和泉の中の中二心は大満足しているんですが、そうじゃない部分で、できあがった本の紙面

のあまりの黒々しさに目眩《めまい》を感じ、決意しました。

「次作はカタカナが大量に使える話を書こう！」

そんな理由で始まったのが今作です。こ、こんな理由でもアリですよね？　ね？　で、固有名詞はすべてカタカナとする！　と決めたものの、和泉、カタカナの固有名詞は五文字を超えると覚えられない病を患《わずら》っておりますため、全体的に固有名詞、短めです（笑）

ちなみに主人公の母国の名が五文字もあるのは、まだ和泉がこの病に冒《おか》されていなかった頃に作った国名だからです。

和泉は中学時代までに読んだ本に偏《かたよ》りがあったのか、高校の図書館で故栗本薫《くりもとかおる》先生の『グイン・サーガ』に接するまで、小説世界は必ず現実世界と地続きでなければならないと、思っていました。SFはどんなに奇想天外な話でも今から遠い未来のことで、異世界モノは『ナルニア国物語』のように、現実世界の人物が異世界を訪れるものだと。

でも、『グイン・サーガ』を読んで、「一から異世界の話を書いてもいいんだ！」と知り、それで書き始めた物語が今回のお話の原型です。

メインの国名がミルナートであること。親から愛されなかったラース王子が政略結婚で花嫁《はなよめ》を北の大国から迎えること。ラースにはカーイという平民出身の軍事的天才の親友がいること。

この三点以外は原型を留めていない上、連載前に提出したプロットさえ総崩れになってしまい（プロットにはなんとジェスがいなかった！）、我ながら「ただ、カタカナが多い話を書きたかっただけなのに！」と呆然《ぼうぜん》としています。いや、それしか考えていなかったのが敗因？

まあ、原話はヒゲキスキーな高二病のただ中に書いていたせいかラースと彼の恋人の悲恋がメインだったので、商業作品にするにあたりそのままは使えず、あれこれいじっていましたら、『絶対に相手と結婚したい女王陛下vs絶対に（大事すぎて）相手と結婚したくない摂政《せっしょう》代行閣下《かっか》の恋愛攻防戦』

なんて中身になりました。オチは見えているかと思いますが、そうなる過程が現時点でさえ作者にも不明（!?）なので、どうなることやら、下巻もお付き合い頂《いただ》ければ幸いに存じます。

最後になりましたが、お忙しい中、イメージピッタリの素晴らしいイラストを描いて下さった鳴海《なるみ》ゆき先生には感謝の言葉しかありません。いつものこととは言え、今まで以上に大きくプロットから乖離《かいり》した話を書いてしまって担当さんにはお詫《わ》びの言葉しかありません。新書館の皆様や別支店に行ってしまわれたのに相変わらず相談に乗って下さるC元上司他、会社の上司、同僚、友人、家族達にはいつもご迷惑をかけて、すみません。いつも感謝しております。

そして、この本を手に取って下さった読者の皆様、本当にありがとうございます。

読んだ方が少しでも楽しんで下さることを祈っております。

WINGS・NOVEL

【初出一覧】
女王陛下は狼さんに食べられたい！：小説Wings '19年冬号（No.102）
猫さんは女王陛下にかまわれたい！：小説Wings '19年春号（No.103）
アリアの独唱：書き下ろし

この本を読んでのご意見、ご感想などをお寄せください。
和泉統子先生・鳴海ゆき先生へのはげましのおたよりもお待ちしております。
〒113-0024　東京都文京区西片2-19-18　新書館
[ご意見・ご感想] 小説Wings編集部「ミルナート王国瑞奇譚〈上〉 女王陛下は狼さんに食べられたい！」係
[はげましのおたより] 小説Wings編集部気付○○先生

ミルナート王国瑞奇譚〈上〉
女王陛下は狼さんに食べられたい！

著者：**和泉統子** ©Noriko WAIZUMI
初版発行：2019年9月25日発行

発行所：株式会社 新書館
[編集] 〒113-0024　東京都文京区西片2-19-18　電話 03-3811-2631
[営業] 〒174-0043　東京都板橋区坂下1-22-14　電話 03-5970-3840
[URL] https://www.shinshokan.co.jp/

印刷・製本：加藤文明社

ISBN978-4-403-54215-2 Printed in Japan

SHINSHOKAN